你没有离开我们，是我们离开了你。

〔美〕

刘墉

著

# 爸爸不会哭

湖南文艺出版社
HUNAN LITERATURE AND ART PUBLISHING HOUSE

博集天卷
CS-BOOKY

# 目 录
## 爸爸不会哭

1

# 我生命中最重要的一年

　　二〇一九是我生命中非常重要的一年,首先我进入了"古稀",虽然现在的人愈来愈长寿,活过九十、一百已经很平常,但是跨过这个关卡,心理上还是不一样。读名人传记,我常想多半的古人在这个年龄之前已经"走了",他们活得比我短,可是活得精彩。尤其看他们的生平年表,愈看愈心惊,觉得自己没能充分利用过去的七十年,十分惭愧。

　　所以,虽然年届古稀,我还挺拼命,不但画了这辈子最大的绢本山水《仿范宽雪景寒林图》,出版了《谈亲子教育的四十堂课》,还一趟又一趟去"至善园"写生,找台北故宫博物院的老人请益,完成《至善园十景》和《勿忘此园》。

　　《礼记》说:"五十杖于家,六十杖于乡,七十杖于国。"意思是七十岁可以拄杖在国里走来走去指点议论了。虽然这年头古稀不稀奇,毕竟七十岁不再年轻,走在街上一眼望去,多半是后生晚辈,大可以卖老了。

　　所以许多过去不敢说的,现在比较没了顾忌。譬如收在这本书里的《七十梦呓》,除了讲我的身世、怪癖和宿疾,说许多尴尬的场面外，还愤世嫉俗地发了不少牢骚。我也透过《梦到幽深》分析自己为什么总做飞的梦，是挣扎，是挣脱，是超越，是从小到大的野心，即使年逾古稀，因为拒绝陨落，仍然拼命飞翔！

古稀之年，也使我更为怀旧，只身跑去台北仅存的铸字行，重温少年时编校刊的旧梦，一路怀想，写成《印我一生》。我还带着儿孙去以前违章建筑区的老家凭吊，一步一步找寻旧家的影子，以及"刘猫"埋葬的地方，写成《刘猫关门喽》这篇怀念五十年前爱猫的文章。

二〇一九年的另一件大事，是我终于面对困扰十几年的腰痛，做了脊椎手术。医生在我的背上切个十厘米的口子，先摘掉椎间盘，植入骨粉和金属片，做"融合"的手术，再打了四根钉子，锁上螺丝，把易滑脱的脊椎固定。虽然没有用较新的内视镜手术，而采取传统的方法，我居然复原挺快，手术后才两个月就飞到东欧旅行，还做了写生和游记，收在这本书中。

二〇一九年更重要的事是小帆（Yvonne）结婚了。这个"老生"的女儿，是我最应付不了，也最放心不下的小公主。怕她耍小姐脾气，把男生吓跑；怕她事业心太重，不交男朋友。没想到有一天她突然抱着一大把鲜花来送我，说那是她选的新娘捧花。

婚礼那天，距离我做完腰椎手术还不到两个月，小丫头叮嘱我牵着她，要配合她的步伐，别走太快。又说教堂很古老，地毯有味道，叫我一定要带治气喘的药，以防万一。还说爸爸太容易感动，所以不跟爸爸跳舞了。爸爸也不必致辞，由哥哥代表吧！

问题是爸爸当然有话说，所以这本书里收了好几篇有关小帆的文章，并且以《爸爸不会哭》作为书名。

二〇一九年，我还在位于世界第二高楼的"宝库艺术中心"举行了"花月春风画展"，这是我在上海举行的首次个展，也是我第一个以花鸟为主题的展览。我的花鸟作品表面看是写生，其实是画我爱花爱鸟的情怀。无论蜡梅、月桃、凤凰、山茶，后面都可能有故事，这些画和故事也收在了书中。

古稀之年还有项重要的决定，就是从此不再染发。我从二十多岁就有白发，五十岁已经全白，为了"出镜"总得染发，多次想不染都因为四周人反对而作罢，说突然变成"白发魔男"，会吓大家一跳。而今到了古稀之年，总算找到借口：从此以真面目见人，是谓"真相大白"！非但如此，要白就全白，连白胡子也留了起来。去克罗地亚旅行的时候，路边坐一群毛孩子，他们看到我，立刻站起来，大概认为见到"三花聚顶、五气朝元"的"天山老道"，居然还站直了对我鞠躬呢！

古稀多好啊！变得更无忌、更自由、更直白、更幽默、更有童心，本书就是这样的组合！

二〇二〇年

群燕婧春

己亥年以工笔没骨双友招著法写群燕楼辰扵養芝堂方鄉辇丹龍欲此 劉興汇

我的花鸟作品表面看是写生，

其实是画爱花爱鸟的情怀。

无论蜡梅、月桃、凤凰、山茶，后面都可能有故事。

第一章

# 小帆结婚了

| 第五大道之吻 |

只有你找到自己的最爱，有一天我们离开这个世界，
你才不会受到太大的打击。

二〇一九年九月二十八日下午五点，在曼哈顿中城一百五十年历史的长老会教堂，小帆嫁给了她沃顿商学院的同学王征宇（Branden）。

我带着小帆走过长长的红地毯，站定。当牧师问是谁要把Yvonne嫁给Branden时，我回答："Her mother and I, we do!"（是她的妈妈和我，我们愿意！）接着，我在女儿脸上亲一下，将她挽着我的手交给Branden，然后我退后一步，转身，坐到观礼席。听到旁边的啜泣声，是我的老妻……

小帆的婚礼完全由她自己安排，她不戴任何首饰，没有伴娘伴郎，只是穿件白纱，捧着"紫色的梦"。他们在沃顿商学院的六十多位昔日同窗和好朋友，则从世界各地赶来观礼并参加晚宴。

亲家公跟亲家母从华盛顿过来，带着新郎的弟弟跟堂弟，女方只有我们夫妻和小帆的哥哥嫂嫂，嫂嫂兼作摄影和牵婚纱的花童。刘轩结婚的时候没有婚礼也没请客，只到民政局办了登记。

女儿出嫁，我们也没告诉任何亲朋好友，而是比照儿子结婚时，给几十个公益团体捐了款。

那天从举行婚礼的教堂出来，因为没有礼车，两个新人沿着曼哈顿第五大道跑到酒店。小帆的头纱跑掉了！幸亏婚纱没掉。她整个晚宴都穿着婚纱，只是把拖曳的裙摆挂在腰上，省了换装的钱。婚纱很重，她却能整晚跳舞，原来里面换成了球鞋。

当他们在第五大道奔跑时，路人以为在拍电影，纷纷为他们让路。过斑马线的时候，趁着两边车子都停下来，他们还戏剧化地在马路中间拥吻，好多路人鼓掌叫好，还有人吹口哨……

接下来的三篇散文和诗，第一篇是我知道小帆交男朋友时，给她的十五个叮咛；第二篇是知道她将结婚，特别为她画画祝福；最后那篇是婚礼结束回到家里，我这老爸爸写下的，"剪不断，理还乱"的心情。

# 给女儿交朋友的十五个叮咛

一、你可以让别人知道你是单身，但是不要把你整个人摊在阳光下。就算你有很多优点，也让他慢慢发现。因为爱情要有几分神秘才美，情感要因为不断发现彼此的优点而加分。

二、不必让他知道你的财务状况，无论你穷或富，都与他无关，因为吸引他的是你，不是你的钱。先知道你很富有，再跟你谈恋爱的人，会让你不敢确定他的爱。

三、吃人的嘴短，而且男女平等，所以不要都由男生请客，总要有来有往，你可以由他让你付钱的情况，譬如因为你说要请客，他是不是比较节制，来观察他够不够体贴。

四、跟初次交往的男生说好几点回家，然后观察他是不是放在心上。一个玩在兴头，还能注意时间的男生，可以显示他的自制与对你的尊重。一个能够掌握约会时间的女生，可以显示她的教养。

五、当男生送你回家时，注意他是不是确定你安全进门了才离开。初次约会的男生，不要随便请他进入你的房间，这是你该有的私密与矜持。男生就算失望，也得尊重你。

六、如果由你决定去什么地方，要小心选择，因为那能反映你的品位。但是不要因为想炫耀，而选择他难以负担的。为对方考量，是贤惠的表现。

七、不要用礼物讨好对方，也别收不恰当的礼物。对接受的人而言，太贵重的礼物会让他不安；对送礼的人来说，送太贵的礼物难免有所期盼。礼物贵在有情，不在有价，不恰当的赠礼会模糊爱情的焦点。

八、跟不熟的人，或去陌生的场合，最好不要饮酒，而且别让饮料离开你的视线。你可以渴死，也不乱喝一口。宁可因为拒绝而显得不够亲切，也绝不碰触任何毒品。

九、绝对不让喝了酒的人开车，要对喝酒开车的人重新评估。只要对方喝酒之后还想开车，一定要警告他。虽然他饮酒开车是不智与逞强，你不提出警告却是不仁与软弱。

十、无论多么激情，都要自我保护；无论情感多么稳定，也

| 朝着幸福奔跑 |

因为没有礼车，两个新人沿着曼哈顿第五大道跑到酒店。

小帆的头纱跑掉了！幸亏婚纱没掉。

当他们在第五大道奔跑时，路人以为在拍电影，纷纷为他们让路。

拒拍私密照片。绝不用身体换取不确定的爱情，只能为确定的爱情解放身体。

十一、除非你有意，当对方在语言或动作上有性的暗示，要立刻有技巧地回避，千万别等他露出丑态，你才喊不。除非你有意主动，别放出任何容易让人误解的讯息。

十二、约会时家人跟你联络，一定要有礼貌。对家人无情却对外人有情，是不成熟的表现。当你不尊重家人，你的朋友也会轻视他们，轻视你的家人就是轻视你。

十三、在公共场所说话要小声，对服务人员要客气，对老弱妇孺要礼让。多宽容，少责备，多露笑容，少耍脾气。该快的时候不拖拉，该慢的时候不浮躁，进退有度能够显示你的优雅。

十四、既然是你们谈恋爱，就少把家人拖进来。家人可以提供意见，可以分享快乐，不必承担责任。以后过日子的是你们，千万别让你们的打打闹闹，成为爸爸妈妈的精神负担。

十五、别在同一时间谈几个恋爱，下了一条船，才能上另一条船。所以从开始交往，就要平等互惠。可为分手伤心，别为金钱纠缠。只有两不相欠，才能分得干脆。

# 紫色的梦

　　女儿从曼哈顿回长岛，送我一束花，乍看以为是她在哪个花园里顺手摘的，各种奇奇怪怪的小花夹杂着玫瑰。

　　女儿说别小看这花，那可是她请花艺家特别设计的新娘捧花，因为她要结婚了。

　　我大喜，赶快找了花瓶把花插好。正好有朋友来，那太太一进门就拉着丈夫的袖子说："瞧！人家刘大哥随便抓把野花插上，都好有味道！"

　　这束花确实既平凡又优雅，女儿说她就要这样，跟别人的捧花不同，但是不能华丽。她的婚礼也要办得平凡又不平凡。还说她找了曼哈顿中城最古老的一个教堂，虽然地板走起来会吱吱响，但是管风琴的声音美极了。她又在隔一条街的地方安排了酒店，到时候穿着婚纱跑来跑去很方便，连礼车都省了。酒店还说配合她的婚礼，大堂和餐厅摆设的鲜花也会是这样的紫色调。

腰枝手衙后连是第一霞淡墨细双勾七彩尝形霞风软垂眼长单染无穷意毫锥铁挥捨爱漾乱如麻候心艺儿梦绵之父母心不能常扣守热爱长牵挂顾此不之情水驻不阑花

三亥年阳春八月十四日于绵别顾头写于雷梦楼

紫色的梦

女儿城中来，送我一束花，
取名紫色梦，寓意将出嫁。
悠悠女儿梦，绵绵父母心，
愿此不了情，永驻不凋花。

　　当天晚上我细细端详这束花，觉得越看越美，也想象婚礼时它被捧在女儿手上会是什么样子。突然发现其中的豆花，虽然紫罗兰色很美，但是因为花瓣太薄，边缘已经有点蔫了。心想女儿老远捧回来给我欣赏，如果两三天就报销怎么行？于是在绢上做了写生。

　　这是我做完腰椎手术后画的第一张画，说实话，就算没开刀也不容易画，因为有一堆小花小叶跟小果子。为了表现细节，我先用淡墨勾出轮廓，再以淡彩晕染，下面的水晶花瓶则以水彩的画法表现。前后经过三天才完成，挺得意，相信这正表达了女儿要的含蓄优雅。

　　画好之后还题了首长诗，写下我这老爸的心情：

女儿城中来，送我一束花，
看似园里借，实乃名家插。
长叶尤加利，圆叶铁线莲，
淡紫甜豆香，粉紫玫瑰花，
小白素馨兰，红果五月茶，
取名紫色梦，寓意将出嫁。

急捧水晶瓶，把此美梦插，

又恐寒易落，展绢作此画。

腰椎手术后，这是第一发。

澹墨细双勾，七彩晕彤霞，

勾勒无限长，晕染无穷意。

笔短情难舍，爱深乱如麻。

悠悠女儿梦，绵绵父母心，

不能常相守，总是长牵挂，

愿此不了情，永驻不凋花。

# 爸爸不会哭——给新婚女儿的一封信

　　亲爱的女儿，你婚礼预演的时候，牧师教爸爸在回答"是的，我们愿意。"之后，先在你脸上亲一下，再把你的手从自己的臂弯里抽出来，交到 Branden 的臂弯里。当时爸爸故意做出哭的样子，逗得大家都笑了。

　　但是昨天真到了那一刻，爸爸没有哭，没有掉眼泪，甚至没有伤心，相反地，爸爸从头到尾一直笑，笑得很开心。你知道为什么吗？因为我看到你脸上的笑，那种无比幸福的笑，你像小鸟一样，从爸爸的臂弯飞到 Branden 的怀中。

　　爸爸应该吃醋，但是没有，因为爸爸从来没见过你那么快乐的样子。

　　这是实话，在爸爸面前你总是表现得很酷。记得你小时候去餐馆，我故意当着大家的面，要你跟爸爸顶顶鼻子。起先你会立刻跳下椅子跑到爸爸面前，狠狠顶一下鼻子，再紧紧抱抱爸爸。

但是从你上小学就不一样了，你会先看看四周有没有跟你一样大的小孩，如果没有，才来跟爸爸顶顶鼻子，而且只是轻轻碰一下就转身跑了。

等你上初中就更"作怪"了！连爸爸轻轻拍你一下，你都会像触电一样鬼叫："好疼啊！"

后来你愈长愈高，快比我高了，爸爸常故意在你面前蹲下身，装成比你矮的样子仰望你，你更会一扭身对妈妈喊："爸爸好滑稽好无聊哟！"

有一天我们请客，你又在宾客面前跟爸爸发小姐脾气，让爸爸下不来台。但是回程我们坐在车子最后一排，车里很黑，你好像睡着了，把头慢慢靠在爸爸肩上，又把手轻轻放在爸爸的手上。爸爸知道，那才是真正的你，爸爸的小天使！你平时"作怪"，是因为你爱爸爸，爱会造成不舍，但是有一天你又不能不舍，这当中的矛盾，使你有奇怪的表现，也可以说为了不舍，你反而像远行的孩子，不敢回头。

婚礼之后，很多人都问爸爸有没有像以前文章里写的：

在新婚宴会欢乐的最高潮，音乐响起，宾客一起鼓掌欢呼。

新郎放下新娘的手，新娘走到中央；老父放下老妻，缓步走向自己的女儿，拥抱，起舞。

《爸爸的小小女儿》（Daddy's Little Girl），这人人都熟悉的歌，群众一起轻轻地唱：

你是我的彩虹

我的金杯

你是爸爸的小小可爱的女儿。

拥有你，搂着你

我无比珍贵的宝石！

你是我圣诞树上的星星

你是复活节可爱的小白兔

你是蜜糖、你是香精

你是一切的美好

而且，最重要的

你是爸爸永远的小小女儿

…………

我知道，当音乐响起，女儿握住我的手……

**我的老泪，会像断线珠子般滚下来。**

说实话，爸爸起先确实有些紧张，怕跟你跳舞的时候忍不住老泪纵横。幸亏你早看穿我的心，没安排这段舞，说你爸爸刚动完腰椎手术，不能跳舞。然后，你在你那群好朋友的簇拥下跟Branden 走到舞台中间，在震耳的音乐中举起双臂，尽情地旋转、蹦跳。

你从教堂到晚宴，都穿着同一件白色的婚纱，曳地的长裙经过特别设计，可以挂在你的腰间。上楼梯的时候爸爸曾帮你牵过长裙，发现好重啊！而你居然能整晚穿着蹦蹦蹦、跳跳跳、笑笑笑。

爸爸真的一辈子不曾见过你如此灿烂的笑容。从你挥着手、一摇一摆，像跳着华尔兹舞步走出教堂，就挂着那灿烂的笑。爸爸偷偷问你妈妈，有没有见过女儿这么开心的样子，你妈妈也摇头。

爸爸知道了！这是人生的必然。每个人从出生的那一刻，就得一步步离开父母，走向外面的世界，你要出去找寻自己的爱侣，组织自己的家。今天你能找到，如此依附、如此满足、如此交托，爸爸怎能不高兴？又怎会掉眼泪呢？

哪个父母不希望孩子有美好的未来？孩子嫁娶，不是娶了谁

| 带着祝福舞蹈 |

你整晚穿着曳地的长裙蹦蹦、跳跳跳、笑笑笑。
爸爸真的一辈子不曾见过你如此灿烂的笑容。爸爸
偷偷问你妈妈，有没有见过女儿这么开心的样子，
你妈妈也摇头。

进来，或嫁了谁出去，也不是家里多个人或少个人。孩子本来就是独立的个体，他们嫁娶了，是父母完成了任务，把快乐的小鸟放飞了！

记得爸爸以前看到蒲公英的白絮，随着晚风被吹向远方，曾经写过一首诗："蒲公英妈妈在晚风里祈祷，祝愿孩子有个平安的旅程。"

爸爸也在这儿默默祈祷，祝你有另一段美好的人生旅程。

那天晚上，当大家还在跳舞的时候，爸爸妈妈、哥哥嫂嫂，以及你的公公婆婆，就低着头弯着腰溜了出去。

你没有离开我们，是我们离开了你。也只有你找到自己的最爱，有一天我们离开这个世界，你才不会受到太大的打击。

车子逐渐驶离曼哈顿，虽然已经是深夜，长岛公路却有点堵车。爸爸跟妈妈并排坐着，夜幕低垂，灯火迷离，忙了好几天的妈妈累了，把头靠在爸爸肩上。爸爸直直地坐着，呆呆地看着远方，突然想起你靠在爸爸肩头的那一夜，不知为什么，爸爸的泪水，竟然止不住地滚落……

每个人从出生的那一刻，就得一步步离开父母，
走向外面的世界，你要出去找寻自己的爱侣，
组织自己的家。这是人生的必然。

迈入另一个旅程

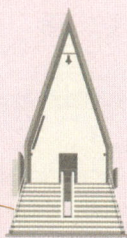

第二章

**梦到幽深**

## 梦到幽深

我的号叫"梦然"，画室名"鼠梦楼"，有一方闲章是"梦到幽深"。三个都有"梦"，因为我太喜欢做梦了！

常常从梦中醒来，我会赖着不起，一动也不动地窝着，甚至拿棉被盖着头，让自己再度沉入梦乡。我喜欢半醒半梦的感觉，觉得像在潜泳，半个身体在水上面，是醒着的；半个身体在水下面，沉浸在梦的海洋。那是中间地带，不属于醒，

| 梦到幽深 |

也不属于梦。正因为已经有了"醒"的意思，所以我能记住梦的内容。又因为还在梦中，所以能不受现实的羁绊。

我从高中时代，就在床边放个小本子，好及时把梦的重点记下来。甚至在校刊上开个专栏叫《即梦小简》。"即"是靠近的

意思，表示那些短文都是写在梦的边缘。这几年更好了，可以在手机上的"备忘录"里以梦呓的方式诉说。既然是梦呓，就常模糊不清，文法不对，修辞更甭提了。但这种意念衔接，语无伦次的"呓语"，反而有现代感。隔一年半载再看，更有感动。想必因为那是直观的，没有挂碍，所以最接近心灵。

我有很多诗都是这样写成的，像是"抱着枕头流浪，每晚都睡进故乡……""人已醒，梦还在睡……""把梦塞回被窝，用枕头压着……"

把梦记下来还有个好处，是可以第二天继续梦，像写连载小说，做"连载梦"。最记

| 即梦小简 |

得年轻的时候有个晚上梦到打仗，打一半醒了，整天念着，第二天睡觉时先把情节想一遍，然后继续梦，继续打，还是前夜的战壕、前夜的战友、前夜的敌人。我曾经连续打了三个晚上，枪林弹雨、硝烟蔽天，居然没死人也没伤人，轰轰烈烈，精彩极了！

我几乎不做噩梦，除了小时候舅舅装鬼吓我，害我梦过两次被人追，脚软跑不动。据说不做噩梦的人不怕鬼，因为在梦里没给鬼留下空间。

我还会做童话梦，不但七彩斑斓，而且有卡通效果。举个例子，我有一回梦到很多铅笔，红的、橙的、黄的、蓝的、绿的、紫的、白的，每个都扭来扭去，在我前面跳舞。醒来我说给太太听，她羡慕极了，还怨自己从来没有童话梦，只会从梦中惊醒。

虽说我不做噩梦，尴尬恶心的还是有的，譬如我有一阵子总梦见到公共场所，鞋脱在外面，出来发现鞋不见了。我趴在地上找，掏了鞋柜衣柜，甚至掏到地板底下，尘螨惹得我哮喘都犯了，最后还不得不穿一双沾满泥巴、开了口的烂鞋离开。

我也常梦见站在街头等车，开过的每辆车里都坐满人，呼啸而过，就算空车也不理我，最后我不得不打电话给太太，或向开出租车的老友求救。

　　我还总梦到上厕所，童年如果这样梦，接着就会感觉裤裆一团热，糟糕！尿床了！现在则是梦见很脏很脏的厕所，怎么站都会踩到大便。

　　我还多次梦见一幢三层高的木造楼房，因为年久失修，楼歪了，我不得不搬家。却有很多人溜进去开店，有精品店、古董店、花店、美容院、旅行社。我不收他们租金，他们却躲着我，而且露出亏欠的眼神！

　　这些场景都一再重复，我看了一堆谈梦的书，包括弗洛伊德的《梦的解析》，试着为自己解梦。除了总找不到鞋子，不得其解，其他都有道理：

　　厕所脏，是因为我曾经住在违建区，公共厕所很脏很臭，除了自己消受，客人来了更没面子，于是留下受伤的记忆。

　　找不到车是因为我不会开车，甚至不会骑脚踏车，潜意识里总有"行不得"的恐惧。

　　歪了的木楼是因为父亲生前的单位，逼迫我们母子搬家，我们抗争，公家就把不属于我们的半边房子拆掉，让房子歪斜。我在老家还有房子被亲戚占用，虽然我完全不在意，甚至不提不问，但是当我回去祭祖，占用的人却没出现。

我曾经飞得很辛苦，也曾经飞得很惬意，就算如今须发尽白，还是想飞。因为拒绝陨落，只好拼命飞翔！

可能有人说这不是噩梦是什么？我的答复是"我不觉得噩，所以不算噩梦"，而且确实如民俗所说，一梦到大便就有财运。就算没意外之财，也高兴，因为醒来时脚是干净的。

我绘画的灵感常得自梦境，梦里我总在飞，有时候飞过千山万壑，上面的月光撒下银色的巨网，下方是宝蓝色折叠的山峦和闪着森森刀光的涧水。有时候梦见自己穿过树林，可以明显感觉被阔叶抚摸的柔软，和被针叶刮过的刺痛。

有时候飞过城市，灰色的屋瓦在月光下好像鱼鳞，万家灯火、炊烟袅袅，我从屋檐飞过，可以"向、帘儿底下，听人笑语"。我也常在梦中造访山城，看到窄长的石阶、山坳的人家、林间的寺院、山涧的飞瀑和波光粼粼的大海。

我会降落山村，跟人们聊天，逗小猫小狗，步上百级石阶到庙里参拜，或爬上海蚀崖的大石头，远眺千顷碧波。印象最深的是有一回梦到被乌云遮蔽的太阳落向海平线，眼看就要入晚，突然云破了，万道霞光从天边射出来，在层层密林和入晚的烟岚间，织成长长的锦缎，又在大海上反射出红黄蓝紫和白白亮亮的波光。炊烟升起，归帆点点……

同样是在梦中飞翔，我的飞其实有很多种，有时候只是迎风站立，就能像羽毛般飘起来。有时候需要拿着一块板子，并且走到迎风处，最好是地势由高往下的巷子，风从下方吹来，受到两侧房舍的挤压，变得格外凛冽。这时候我只要调整手里的板子，把握受风的角度，就能像风筝一样轻松起飞。

飞翔也有困难的时候，我拼命挥动双臂还是飞不起来，就算飞起来，也飞不高。最怕的是飞过交通繁忙的街道，在一辆辆大巴士间闪躲。

我也用由高往下跳的方式飞翔，那需要很强的自信，如果怀着无比的信心往下跳，只下坠一点点，就会被无形的力量托起来。相对地，当我没有把握，则不敢往下跳。

我常梦回学生时代，从教室窗户跳出去，绕着楼飞，飞到大门，引起同学一阵惊呼。也梦见自己从山头一跃而下，像滑滑梯似的进入山谷。后来看见天门山的飞人表演，穿滑翔衣的选手沿着山壁飞，几乎伸手就能摸到岩石。他们不但能穿过山洞，还能像子弹一般，穿破悬在空中的目标。我很想体验一下，儿子听说大为吃惊，怕古稀老父跳崖轻生，立刻买了一个 VR（虚拟现实）头盔给我，要我戴着头盔，握着操纵杆在家飞翔。

还有一种飞翔，只是停留在空中。譬如梦见在博物馆大厅里，我不走中间的楼梯，而是轻轻一跃，在众人的惊羡中，很安稳地飘着。我还有许多次一边飘浮，一边得意地问大家："你们看过徒手停在空中的人吗？"

这些得意与失意，自信与怯懦，轻松与困难，其实都反映了我现实的人生：

从小我就想飞，想展现自己、飞越群山，想出人头地、傲视群伦。我拼命飞出了失火后的废墟、铁道边的违建，飞过了太平洋，又飞回故乡。我曾经飞得很辛苦，也曾经飞得很惬意，就算如今须发尽白，还是想飞。

因为拒绝陨落，只好拼命飞翔！

# 七十梦呓

　　我六岁以前的记忆不多，印象最深的是捧着一大碗黑色的中药往下灌。母亲总说我很勇敢，为了治肾炎，多苦的药都能一口喝完。我的生母也说，没有刘家照顾，我活不下来。她生了六个儿子，送人一个也是对的。

　　我从姚家被送到刘家之后不过三年，生父就过世了，据说养父牵着我去殡仪馆，站在远远的地方看。我完全不记得那个画面，倒是记得用人曾经把我拉到院子里说："丑人来了！丑人来了！丑人会抢小孩。快躲起来！"我从门缝看，一个很瘦很瘦的男人坐在沙发上，后来我才知道那是我的生父，这是我见他的最后一眼。

　　我的生父是日本法政大学毕业，爷爷是临安最后一任县太爷，养父是信托局的襄理，曾任陕西戒烟所所长，我被送给刘家，双方还写了字据。老母八十多岁的时候收拾东西，把我叫过去，先

| 亲情 |

我痛恨一切形式化的东西，
大概因为小时候心灵受过伤。
我没见到父亲的最后一刻，
但听过他病危时的录音，很沉很沉。
我不喜欢死别，尤其痛恨活的时候不孝，
死了哭天抢地的人。

掏出一件红色的小衣服给我看，说是我到刘家那天穿的。又递给我一张发黄的纸，上面写得密密麻麻，我才看两眼，她就一把抢过去，当着我的面唰唰几下撕掉，连小红衣服一起扔进垃圾桶，恨恨地说："门当户对就门当户对吧！还写我不能生，所以把你送过来。"我当时很想把小衣服捡回来做纪念，但是没敢动，只记得那是深红色的，历经近半个世纪，还闪亮闪亮的。

父亲非常宠我，连内衣都给我买纯丝的。他喜欢京剧，曾经教我唱《苏三起解》，被我妈骂了，就改教我唱："老只老，孤的须发老，上阵全凭马和刀。"父亲也会带我去朋友家"票戏"。记得有一次来了两个女生，人美！衣服美！唱得又好听，我羡慕死了，回家一直央求："让我也去学戏吧！"爸爸只笑笑。倒是后来听大人咬耳朵，好像那些漂亮女生很受委屈，除了挨打，师父还会欺负她们……

父亲也常带我到台北近郊的"水源地"钓鱼，那是新店溪的河岸，常搭起高台办"萤桥晚会"，有京剧、相声，还有杂耍。就在那儿，我知道了吴兆南、魏龙豪，也见到了我的偶像——漫画家牛哥。

最记得牛哥请观众上台，在一张大白纸上随便画几笔，无论画得多乱，牛哥都能立刻把"它"变成一张精彩的漫画。当时我很想上去露一手，画个让牛哥改不了的"乱画"。牛哥后来突然不见了，父亲说是因为一个叫钟情的女明星，牛哥把她带进房间，不让她出去。我问为什么？老妈瞪眼，老爸就没答。但是我一直佩服牛哥，他不但会画《牛伯伯打游击》，还写《赌国仇城》，精彩极了！

父亲白天上班，只能夜里钓鱼，我常在他的怀里睡着，梦里有叮叮的鱼铃声、沙沙的水波声和鱼儿挣扎的啪啦啪啦声。鱼上钩的时候，我会被叫醒，迷迷糊糊张开眼，记忆中常是银色的月光、白亮的水花，还有野姜花冷冷的幽香。

至今我喜欢画月景和姜花，就是因为那时的记忆。我常跟朋友说父亲疼我，连钓鱼都把我带在身边。但是曾经有个朋友笑说："大概另外有用处吧！好让你妈放心！"

其实父亲钓鱼总有两位同事做伴，据说其中一人是工友，买不起玩具，只好自己给小孩做玩具。他送我一个木头人，只要放在斜坡上，木头人就会一步一步往下走。那是我幼年最神奇的玩具，因为不用电池就能动。

父亲不会做玩具，但是常把我搂在怀里表演削苹果，他用把小刀，很小心很小心地削，整个苹果削完，皮能不断。有一回中途断掉了，父亲还跟我说："对不起！"

其实我不爱吃苹果，母亲怨了我几十年，说以前对门的船长从日本回来，送我一个大苹果，我居然不要，非还给人家不可。那时我才三岁多，不记得苹果，只知道我们以前住在南京东路，为了怕邻居泄露我的身世，他们领养我不久就搬到远远的云和街。我至今仍然不爱吃苹果，但会表演削苹果。还有，我特别喜欢能折起来的小刀，左一把，右一把，收藏了好多。有一回我跟个女生夸我的小刀有多棒，夸了一遍又一遍，那女生歪着头问："你怎么说了又说，小刀有什么稀奇？"我对她很不爽，因为她伤了我的心。

父亲在我九岁时因为直肠癌逝世，母亲常怨："吃得那么好、那么细，还细嚼慢咽，怎么会得肠癌？"又骂："跟他一块儿钓鱼的同事个个活得好好的，人家喝酒，你老子不喝酒啊！水边湿气多重？从下往上蒸，不得肠癌才怪！"

我没见到父亲的最后一刻，但听过他病危时的录音，很沉很沉，慢慢地说："儿啊！好好孝顺你娘。"

据说父亲临终时说后悔养了我，因为我的命太硬，克死了生

忆写萤桥晚会

新店溪的河岸，常搭起高台办"萤桥晚会"，
有京剧、相声，还有杂耍。

我的，又克死了养我的。所幸我没克妈妈，除了我刚出国的两年半，她一直跟在我身边，而且在我十七岁之前，她总指着肚子上一条红红的疤痕说：你就是从这儿出来的，好长一个口子，可疼了！

我的生父是因肺病过世的，相信我三岁前也被传染，但是在刘家养得好，所以没发作。只是胸常痛，起初我猜应该是初二那年担任小督察，有个同学违规逃跑，我在后面穷追，因为我上夜间部，天黑，掉进一个大坑里，胸口被撞伤。

我的跑跳都不差，只要追人，多半能追上。我的功课虽然烂透了，但是高二那年，体育老师居然要我填单子，说准备派我参加运动会，而且我可以拿体育奖学金了。说来讽刺，才隔两天，我就半夜吐血，休学。

我没觉得生病有什么不好，还挺回味吐血的感觉，那跟呕吐不一样，一个是从食道出来，一个是从气管出来。呕吐很费力，吐血不费力。随着呼吸，自己就出来了！后来每次我看见电视演员"很卖力地"吐血，都会说："不像！"

休学这年改变了我的一生，因为我可以看自己爱看的书，画自己想画的画。母亲却不以为然，除了要我复习功课，还说应该临摹老师的画稿，不像我自己乱画的，她都不好意思送人。但我知道，我开始对文学和诗词感兴趣，并且发展出自己的绘画风格，应该是从那段休学时光开始的。

复学之后，我的成绩更烂了，因为正好换"新数学"，我高一学的是旧数学，突然如听天书。加上我的英文本来就差，总是两科不及格，全靠暑假补习，才不致留级。所幸我的课外表现不错，记得有一回表彰大会，我上台领了三次奖，其中包括一个大热水瓶，校长刘芳远用油漆亲笔写："贺你全省演讲比赛第一名，好好保养嗓子！"

从小学到高中，我拿过四次台北市的演讲比赛冠军，焦仁和、洪秀柱都是我的战友。记得有一年北一女中的蔡主任在比赛场上见到我，重重地叹口气："你怎么又来了？"

但我高中以前画画从没得过奖，直到十六岁拜胡念祖和郭豫伦为师，才通窍。最记得第一次去郭老师的画室，看到墙上一张女人的油画，真美！后来见到画中人林文月师母，更美！我也在胡念祖老师的画室见过一个高中女生，很美！她说她是喇嘛作法才生出来的，所以叫"胡因子"。还有个女生，是大一那年我代表台湾师范大学接受电台访问时遇到的。也美！最重要的是她很会说，让我不得不佩服。所以访问完，我就把她拉进话剧社，她演大家闺秀，我演小太保，据说她的朋友看过戏都骂她怎会爱上我这个小混混。

后来她没再演戏，倒是我演了不少，从姚一苇的《红鼻子》演到张晓风的《武陵人》，那些戏都有个特色，就是连唱带跳。林怀民曾经送我一个大苹果，说要慰劳我的膝盖。因为地板动作太多，他在排演时把我修理得很惨。我还应赵琦彬导演的邀请演过电视剧，原因是我很会背剧本，那个戏是政策宣传，急着推出，却有一堆台词。

很遗憾我没演过电影，当女儿担任成龙电影的监制时，我说："安排老爸客串个角色吧！短短的就好！"女儿问譬如什么？我说："像是《末代皇帝》里一开始，英若诚演的狱卒！"

从舞台演到卧室，大学三年级我就带女朋友去公证结婚。我把结婚证书拿给岳父看，他绕着沙发转，我说："您坐嘛！您坐嘛！"后来为了大人的面子，我们在"红宝石酒楼"又演出了一场。我的小姨子有样学样，老二、老三都是打个电话给爸爸："我结婚了！"我的儿女也差不多，儿子连婚礼都没办，只带瓶香槟去民政局登记。女儿今年结婚，除了请些研究所的同学，男女双方的父母兄弟加起来只有八个人。

　　我痛恨一切形式化的东西，大概因为小时候心灵受过伤。养父死时每个人都盯着我看，偷偷议论我有没有掉眼泪。我要披麻戴孝，拿着哭丧棒，用匍匐的姿态去一家家拍门报丧，还因为球鞋上绷了麻布，遭受同学的戏弄。八年后我才搞懂——因为我不是亲生的，刘家养我的目的就是祭拜。

　　养母九十三岁过世，我没办丧礼，更没发讣闻，只在大陆偏远地区盖了十所"慈恩小学"，另外捐助十几个台湾的公益团体。我不喜欢死别，尤其痛恨活的时候不孝，死了哭天抢地的人。所以我很少参加遗体告别仪式，跟我对两位母亲一样，我用"长辈"的名字捐建希望小学。我的岳父岳母跟我生活了三十多年，我也对他们说："你们走，就不做遗体告别仪式了！"百岁的岳父很同意，还写在遗嘱上。至于我，死了最好把骨灰撒在海里。多干脆！儿女不必上坟，在世界任何地方，只要摸到海水，就摸到爸爸了。

　　有人说这是精神病态，唯恐打扰人、欠人情。这点我承认，我不爱参加婚丧喜庆的宴会，连开画展都几乎不发请帖，唯恐朋友来，招呼不周。当然也有另外两个原因，一个是"心理"的，我认为只要作品够好，不必请，大家也会来看。非请就不来的，不是摆架子，就是根本不爱。

至于"生理"的原因，是我有严重的哮喘，人多，空气不好，我就想躺下。还有个可怕的副作用，是缺氧时会乱讲话，有两回带女儿出去，我胡说八道，把女儿都气哭了。所以只要气喘，我一定"闭关"。又因为气喘在早上特别严重，所以我从不参加上午的活动。很多人不解邓丽君可以开演唱会，却死于气喘。这点我最清楚，我有气喘，照样能演讲，但必须"下重药"。

大概因为总缺氧，我的记性也差。有人说我过目不忘，诗词能倒背如流，岂知我随时会"思想中断"，有些东西我或许过目不忘，有些事却永远记不得。只要走出旅馆房间，一定不记得房间号。有一回我自以为走对房间，用房卡却开不了门，正好服务员经过，帮我用他的万能卡开，进去才发现有人正在洗澡。

演讲是我成功的原因之一，大学毕业那年，我因为独挑大梁，主持三台联播的晚会而被注意。但是从小总参加比赛，也造成我很大的精神负担。高三时因为气总上不来，去看一位名医，他的诊断是"精神紧张，心脏不协调"，在他那儿连看了几个月，不见好转。有一天，门口的护士小声对我说："去看看新分泌科吧！你的眼睛都鼓了！"

护士说得没错！我的甲状腺功能亢进。问题是连护士都看出来了，那位名医为什么看不出？所以后来我花几年的工夫，明察暗访，搜集资料，写了《我不是教你诈之医疗真实面》。出版的时候，有两位医界大佬为我背书，也有某大学医学院的内部网页叮嘱同侪："别骂这本书，免得为他宣传。"

我的甲状腺功能亢进是台大医院的陈芳武医生治好的，他曾经扯着我的袖子冲去眼科，厉声责骂一位医生，为什么在我眼睛后面注射可的松。我至今记得那天在台大医院的地板上，陈芳武重重的脚步声，他让我想起台湾师范大学的林玉山、廖继春和陈慧坤老师，他们都是视病如亲、视徒如子的性情中人。

我的甲状腺指数虽然恢复正常，但是心跳慢不下来，加上肺病没好，年年需要兵役复检。最后一次是在台北的三军总医院，医生一边用力压我的眼球，一边测脉搏。接着戴上手套，居然掏我的肛门，说要确定有没有塞辣椒之类的刺激物。然后，他耸耸肩："你不必服兵役了！但是你心跳太快，活不长！"

他这句淡淡的话，影响了我一生。加上从小到大，我突然离开亲爹亲妈，突然失火没了家，突然吐血辍学，突然屋子被拆，搬到违建区。人生的无常，我看了许多。所以我珍视活着的每一天，从不浪费时间，也很少应酬。近几年我把大部分书画收藏捐给了母校和博物馆，因为不知道自己什么时候"报销"，早早安排，免得给孩子添麻烦！

真没想到，我这个药罐子居然混到古稀之年。朋友都说我显然不是才子，才子都该早死。我说"好人不长寿"，就因为我这个人，天生有一堆毛病，不够好，所以活到今天。

今天我又气喘了！缺氧，出去会胡说八道，只好躲在家里写稿，信笔拈来瞎扯一番，是为《七十梦呓》。

# 与范爷共枕

范爷，您好！看到文章的题目，您可别生气，我绝对没有亵渎您的意思。我所说的枕，是"山枕腻，锦衾寒"的"山枕"，枕如山，山如枕，我要跟您共枕的不是枕头，是"山"！

二〇一九年我临摹了您的旷世名作《溪山行旅图》，那时候没想到跟您共枕，为什么今年却要共枕了呢？因为我对您的《雪景寒林图》倾倒得五体投地，觉得只是照样临摹不够，必须跟您在画上做一番深入的交流，才过瘾。

第一次见到您的这张画，是三十多年前在洋人出版的书里，我当时大吃一惊：何来这么好的山水画？竟不下于台北故宫博物院的《溪山行旅图》，问题是为什么我活到四十岁都没见过？

后来才知道，您这张巨作非但见载于宋代的《宣和画谱》，而且上面盖了"御书之宝"印。只是后来流落民间，几百年没下落。所幸清代时先被梁清标收藏，又落在安歧的手上，安家子孙把画卖给直隶总督，总督将画献给了乾隆皇帝。一八六〇年英法联军劫掠圆明园，一个英兵把画抢出来，拿到天津的街头兜售，正巧被当时的工部右侍郎张翼看到，赶紧用五十块大洋买回家。张翼又怕私藏宫廷流失的东西惹来杀头之祸，收起来不敢挂，就这么窝藏百年，直到二十世纪八十年代，才由张翼的儿子张叔诚捐给天津博物馆。正因此，您这张旷世之作，没到台北故宫博物院，也没到北京故宫博物院，终于落脚天津。

虽然因为露面晚，宣传又不够，这张画的知名度远不如《溪山行旅图》。天津博物馆可奉为镇馆之宝，平常挂复制品，每六年才展一次真迹。就算二〇一八年的百岁馆庆，也不过展出十二天。或许正因为很少悬挂，虽然是高寿近千年的绢本，居然品相完好。从画上清清白白，没有乾隆皇帝和藏家舞文弄墨的痕迹，可以知道非但在圆明园它没被挂出来，就算元明两代，也可能被束之高阁。

这正是因祸得福啊！要不是因为元代开始崇尚文人画，认为您的作品太沉重，既没黄大痴的潇洒、倪云林的野逸，也没有徐青藤的纵肆和八大山人的疏宕，于是故意冷落，绝不可能保存得这么好。而今这张画除了皮肤颜色变深一点，简直就是冻龄嘛！

问题是跟您在台北故宫博物院的两张大作比起来，您的这张画好像受到了一些不公平的对待。譬如《溪山行旅图》，董其昌在"诗塘"上大剌剌题了"北宋范中立溪山行旅图"，那时候还没人发现您把"范宽"两个字藏在树丛当中，董老哥就能确定是您的大作，想必因为画实在太好了，好得非您莫属。台北故宫博物院还有一张您的大作《雪山萧寺图》，您根本没签名，王铎老哥也在诗塘发挥，非但说那是您范爷的作品，而且歌颂您："公以第一流人，锡天下第一画。""灵韵雄迈，允为古今第一。"

问题是您的这张《雪景寒林图》，跟《溪山行旅图》一样，在树干上藏了您的签名"臣范宽制"，为什么好多评论家反而存疑，只为您不曾在宫中供奉，却自称"臣"，所以猜那不是您范爷的真迹？

这也太迂了吧！您在当时已经享有盛名，朝廷不可能不注意，就算您"性嗜酒好道，落魄不拘世故"，也不表示您就不能特别作张好画给皇上，在画上"礼貌一下"啊！

话说回来，那几个字也可能是后人加的，后人不是"伪造"，而是帮您补个名字，这在收藏界是常有的事。何况就画论画，除了您范爷，有谁画得出这张《雪景寒林图》？如果另有其人，为什么见不到其他作品?

您的这张巨作,非但比《溪山行旅图》大三分之一,而且无论构图、用笔、造境都不在其下。《溪山行旅图》是"巨碑式"的山水,迎面一座大山,给观者震撼。这张《雪景寒林图》,您则把主山向左移,依然发挥泰山压顶的力量,但是把右边留出来,安排了远近层叠的高山小丘。这使得画上除了壮阔也有悠远,除了阳刚也有阴柔。

在高一百九十三点五厘米、宽一百六十点三厘米的画面上,您真是尽力发挥,除了楼观人家,还布置许多条小道,相互连接,让欣赏者可以顺着游览。民宅分三进,围篱后有小路上山,通往寺院。主山右侧也有小道,伸向云深不知处。最妙的是近景小桥,可以从山坡后面通往民宅,沿着溪边又有羊肠鸟道,隐隐约约地伸向更远处的山坳。

范爷!临摹这张画,我更佩服您对山石的描绘。您以山的棱线做中轴,像荷花叶脉似的向下开展,再用浓墨画山头树丛,配合所谓的"披麻""散麻""小斧劈皴"和"雨点皴",表现阴阳向背和岩石的节理。

提到"雨点皴",大家都说这是您范爷的独门武艺,但我认为您只是为画山而画山，需要怎样表现就那么画。看似小雨点的笔触，没有固定形式，常常是以干秃的毛笔逆锋戳，也可以说您画出一些麻麻渣渣的笔触，目的在表现岩石的粗粝。您自己不会说那是雨点皴，这名称是后人自作多情，硬加在您头上的。

您的写生功力可真深厚啊！您说"与其师于人者，未若师诸物"，于是躲在终南山、太华山中，"对景造意""写山真骨"。从这张作品可以知道您观察得细腻，譬如虽然说是"雪景"，却只有在比较平坦的地方积雪，至于山崖，因为是垂直的，雪留不住，所以露出下面的岩石。水面未结冰，树上也不见积雪，连树根都露出来，显然您描绘的是大雪过后一阵子的雪霁。

您的寒林枯枝也画得太妙了！除了树干上的鳞皮瘿结用皴擦表现，树枝是以半秃的小笔画成，看似密林，却很通透，也可以说您很小心地把树枝交织成网状，既没有死墨，又能隐隐约约地看到后面的山坡和水湾。这使我想到草间弥生的抽象画，您是以写生加上透视，再创造了一个真实的印象。

提到枯枝，大家八成会讲您画树用"鹿角枝"。中国人有崇古和套公式的毛病，如同好多练武的，每出一招都喊个像"老猿挂印、樵夫指路、古树盘根"类的名称。似乎只要练得几个绝招，

仿北宋范宽雪景寒林图

打的是拳，不是套招；写的是文章，不是掉书袋；
画的是艺术创作，不是符号堆砌。

就能称霸武林。但令人不解的是，我最近在网上不止一次看到，平常袖子一甩就能扇倒一群徒众的太极名家，怎么碰上"格斗士"，没两分钟就满脸是血地趴下了。

大概因为好多练武的人只记得表演的招式，却忘了实战吧！好比画画的人，忘了他画的是画，只记得那些皴法和笔法。怪不得历代不少打着您范爷招牌的作品，都只是堆砌"雨点皴"。三百多年前的王时敏如此，近代的谢稚柳也差不多，好像把石头画成"大麻脸"，就能抓住您范爷的神髓。问题是您真以通篇的雨点来表现山石吗？显然不是！

我一边临摹，一边感慨，如果大家都只想到套公式，用现成的符号来画画，会不会如同记得死板招式的武术名师，只见皮毛，不见筋骨，表演固然精彩，实战却不堪一击？

范爷，我再多讲几句，只怕石头就要飞来了，所以我要与您共枕，对您耳边说悄悄话。更要厚脸皮，以您的风格画张画，跟您的《雪景寒林图》连接在一块儿。

首先因为您的主山在左侧，右边山势逐渐趋缓，顺着这个"势"，我画的山头不敢太高，又由于坡势较缓，雪也得积多些。

前景的水，我将它向右延伸成一条大河，远处有码头，停几艘小船。顺势往上看，有渔家，掩映在寒林间。

您既然画了小桥和房舍，屋内又似乎有人凭窗，我就画个骑驴的旅人，带着挑担的小仆，正要过桥回家吧。风雪故人归，多好啊！

因为工程太大，我先在台北对着高清的复制品临摹，完成左边那张，再把绢带到纽约，创作了右半边，两张加起来居然成为上下两米，左右三米的大画。右边因为多半是我造的，所以在画边上题"戊戌年春以范宽法写雪景寒林图于氲梦楼 古稀刘墉记"。左边是偷您的，我只敢在树干上用蝇头小楷写"戊戌年刘墉临范宽雪景寒林图"。

范爷！我从四十岁就想临您的这张画，拖到快七十岁终于完成，而且没得到您的批准就狗尾续貂。画得好不好我不敢说，但敢说用了您范爷的风格，而非打着您的旗号，硬搞一堆"雨点皴"，因为我知道：

打的是拳，不是套招；写的是文章，不是掉书袋；画的是艺术创作，不是符号堆砌。北宋刘道醇说得好：范宽"不资华饰。在古无法，创意自我，功期造化"。

---

# 梦的轮回

二十几岁的时候，我曾经应德国航空公司的邀请，去欧洲采访，最记得从法兰克福到不来梅，接着要坐船去北海的黑尔戈兰岛（Helgoland）。因为赶船班，临时叫不到车，只好拖着行李跑。记忆中两边是黑瓦土墙的连栋楼房，地上是石块铺成的老街。那时候行李箱还很少有轮子，我的箱子里装着十六毫米的胶片摄影机跟几十盒电影胶片，重极了！实在提不动，只好拖着走。街上几乎没有人，行李箱在石板上滑过，发出很大的声响，大概吵到居民，好几扇窗子，打开，又重重地关上。路的尽头是不来梅港，看到闪闪的水光，觉得路好长，好尴尬……

从那时起，我就常做同样的梦，依然是记忆中的场景，但是多了情节：

我是个海员，停在异乡的港湾，认识个美丽的女孩，每天陪我出游，并且拉我住进她的小楼。

如果真有轮回，每一世有每一世的爱，
每一生有每一生的家，
在这天地之逆旅，每个人不都是漂泊者，来了又走了吗？

2019 刘湘

| 离别 |

　　船要开了，女孩淡淡地说："不送你了，免得我心伤。而且，下面还有船来，说不定，我会遇到另一个你。"

　　我轻轻地为她掩上门，下楼梯，再关上大门，独自拖着行李走过石板道，发出呱啦呱啦的声音。两边好多窗子打开，昏黄灯光下探出人影。夜凉，石板道上有露水，倒映着闪烁的光晕。路的那头是一轮满月、寂寥的码头和颤抖的波光。

　　一直到今天，我还常做这个梦，我想是因为那一年拖行李箱的狼狈记忆，刻画在心里久久不去。也可能我的某一世，曾经真是个漂泊的海员，到了这么一个异国的港口？只是为什么我只能记得一次邂逅，却不曾重温旧梦？难道我再也不曾在那海港停泊，抑或我一去再去，却不能找到她。又会不会正因此，我总做同样的梦？

　　想起川端康成的名作《伊豆的舞女》，青涩少年独自来到异乡，遇见个让他倾心的少女，似乎没发生什么也发生了许多；似乎没做过表白，却已经别离。那种若有若无的淡淡愁绪，陶醉了千万读者。是啊！正因为短暂，所以会伤逝；正因为是露水，所以不沉重；正因为是风尘，所以不负责。正因为得不到，不得到，所以有余情。

那女孩是做什么的？会不会真是个送往迎来的风尘女子？送走一个，迎来一个？但是如果只取一段，不问昨天，也不想明天，何尝不是一段浪漫的相遇与别离。而且如果真有轮回，每一世有每一世的爱，每一生有每一生的家，在这天地之逆旅，每个人不都是漂泊者，来了又走了吗？

二十九岁就根据这个梦境，写了首诗。《港》附在这儿，请大家看看我年轻时的浪漫情怀！

## 港

你看到那港口了吗？就在这路的尽头

没有！我只看见那片红红的晚霞

在那晚霞下面有潋滟的水波

在水波的这头就是那个港口了


你的船是几点钟？

我不知道，但现在去应该是不晚的

我没有看见船，也没有桅和帆

那港口似乎是空空的

这条路像是直直地通向大海

通向别离


港口本来就是最古老的别离的地方

港口是用海水、汗水和泪水混合成的

是跨不出去的脚步的终站

留不住的脚步的起点


港口是边境

用软软的海波做铁丝网

用灯塔做岗哨

用汽笛做枪声……


不！港口也是最古老的相会的地方

是以飞舞的帽子

美丽的花环

热情的亲吻叠成的地方

灯塔是路标

海鸥是信鸽

汽笛是欢呼……


路为什么这样不平

颠出了我的泪水

不！是车上的音乐太过感伤

增加了你的离情


但也不要盯着我看

你的注视会勾出我的泪

但也不要闭上眼睛

那会使你原本忍住的泪水

扑簌簌地掉下来


但也不要向前看

别离的港口已经到了眼前

我们怎么办呢？

让我们拥抱吧

将彼此的泪水偷偷洒在对方的肩上

并擦干眼角

然后我们便相对笑笑

轻轻地道一声珍重


然后你便悄悄滑下车

像往日一样轻快地跳上石阶

掩上你的门……


哦！亲爱的

直到别离，才发现爱你

可是已经晚了

每一个还能再见的别离的夜晚你都不说

却在这个无法盼望的时刻

说出我盼望许久的话


没有别离如何知道相爱？

相爱的人哪个不会别离？

为什么我们不早一点来看看这个海港

为什么我们今天不只是来看看这个海港呢？

为什么你坚持要走？


因为已经到了路的尽头

路的尽头是晚霞

晚霞下面是潋滟的水波

水波的这头是港


我们既不是在这港口相会

便只有从此别离

第三章

**自有我在**

## 印我一生

听张大春的广播节目，说因为平版印刷普及，台湾的活字版已经走入历史，所幸仅存的一家铸字行发展为文创产业，而且开放参观教学。这消息令我兴奋极了，赶快上网查到地址跑去。当天下雨，我没带伞，台北老市区太原路的巷子又窄，我早早下车，淋了好长一段路，挺狼狈。但是才看见"日星铸字行"几个字，精神就来了。

只见店里一排又一排的铅字架，成套铸字用的铜模，还有为铅字熔解重生的铸字机。老板张介冠正为八九个学生讲课，他们大概都是学设计的，在这计算机排版的时代，能放上几个"有分量"的铅字体，确实更有"人味"。张老板说常有学校团体来参观，有些老师还会买学生姓名的铅字，送给学生当毕业礼。也有学生好奇，要求自己用铅字排版印刷呢！

他的这句话让我一下子飞回了高中时代，那时候我担任校刊编辑，常常递个请假条就溜出校门，半天泡在印刷厂。手写的稿子都得先交给"手民"捡字，只见他们掌心攥着稿子，手指抓着小木盒，一边看稿，一边从铅字架上拣字放进盒子，好像根本不必看架上的字，一只手上下左右像鸡啄米似的，快极了！拣好的铅字送给排版师傅，把铅字一排排码好，行与行之间用小木片隔开，再用细绳子绑紧，接着放上"打样机"，在铅字上滚油墨，放张白纸，再拉动个厚重的滚轴狠狠压过去，拿起那张纸，就可以看见印好的文字了。

第一次见到自己的手稿变成整齐的铅字印刷，那兴奋是现在的人难以想象的。因为如今计算机打字都整整齐齐，不像几十年前，写得再工整都不及排字印刷的。就算写得不好的文章，印出来也觉得气宇不凡。

那时候除了报社用"轮转机"，小印刷厂多为半自动，而且必须由工人把纸一张张"喂给"机器。记得有个工人站在高高的机台上，一边把纸推进机器，一边低头对我瞪着眼睛说："你别以为这很简单，就算老手也只能连续喂八百张，过了那个数字，不知为什么，就会把纸送错地方。"当时少年棒球正红，他比喻得很妙："就像打棒球，再高明的投手也会暴投。"

　　才进大学，我就参加了某个文艺协会的分会，担任社刊《文苑》的美编。而且因为我常常逃课，比较有时间窝在社团，所以第二年就成了社团负责人。

　　我主编的第一本《文苑》还是铅字印刷，但我没找以前熟识的印刷厂，而是交给价格便宜三分之一的某校印刷科学生。这下麻烦了！学生技术不好，版子没放对，除了里面有两页前后倒反，使我后来不得不一页页往里夹外，更糟糕的是封面得重做。因为封底的三张图片，其中有一张，我明明设计在最上方，却被排到了最下面。这在当年是大事，非改不可！但不知是印刷机的压力不够，还是锌版磨损了，重印的图片模模糊糊，连上面的字都不见了。

　　"锌版"是我最感兴趣的，因为我设计的插图都得先晒到锌版上，用硫酸腐蚀出凹凸之后才能印刷。硫酸很可怕，我有一次回家发现裤子破个洞，八成就是碰到了厂里的硫酸。令我印象更深刻的是，有一天看见厂里几个跟我差不多大的男孩，为了"套色"，正照着我设计的原稿，手工在胶片上用药水重描一遍。五十多年过去，那一幕还留在我心中，因为我觉得很不公平，我们都一样，凭什么他们要这样为我服务？连我画错的地方，他们也得照描。

第二期的《文苑》改成属于平版的"蛋白版"印刷。"蛋白版"是先在金属或塑胶版上涂蛋白药水，再把要印的稿子拍成"阴片"，晒在版子上。我画的插图终于可以配合中文打字，直接晒版了！我小时候就在父亲的办公室见过中文打字机，那是个大大平平的字盘，各种文字都排在上面，打字的人前后左右推动字盘到正确的位置，一按键，就有个夹子把字夹起来，像英文打字机一样，狠狠打在最上面的白纸上。虽然字体种类不多，但是比铅字排版便宜得多。

大学毕业的第一年我就出版了处女作《萤窗小语》，那是我在电视节目《分秒必争》里的开场白，每篇都很短。我先给一家出版社，问他们能不能出？没想到主编斜斜地拿着我的稿子，在我面前晃一下，说："这么一点点，您自己印吧！"我又拿给电视公司的出版部，也碰个钉子。

幸亏学生时代总跑印刷厂，我就找印《文苑》的那家帮我印了几千本，又听人说这种薄薄的小书只能在杂志摊卖，所以去找当时做杂志总经销的"星光书报社"。还记得我那天抱着一摞书，爬上武昌街窄窄的楼梯去拜访林紫耀老板，我们二人谈得很投机。才隔几天我就接到他的电话："快送一千本过来！"接下来几乎隔天就催货，我自己印的七千本，一下子全光了。找印刷厂再版，却说版子已经拆掉。幸亏以前用过"蛋白版"，虽然质量不佳，但不得已，我只好把第一版的书交给制版厂，由他们一页页重组，翻晒成蛋白版印刷。

《萤窗小语》的第一集用蛋白版不知印了多少万本，我后来常说我是自己做自己的盗版。这句话没错！当年盗版多半用便宜的蛋白版，缺点是每次印不了几千本，版子就磨损了，很容易把文字印不见。因为赶工也出过不少状况。有一回，我拿到刚印好的新书，发现封面用指甲一刮，就能把油墨刮下来，问印刷厂，说为了赶时间，在油墨里加了太多玉米粉。说实话我至今想不通，为什么印刷的油墨里还要加食材。

《萤窗小语》连续出了七集，除第一集用蛋白版，另外六集全是铅字印刷。铅字耐久，只要不把版子拆掉，印十几万本都不成问题。但铅字印刷也有危险，因为"活字版"是活的，一不小心就可能掉字。有一次我拿到刚印好的再版书，随手翻了翻，大吃一惊，怎么"李清照"变成了"李清热"？细细校对之后，同一篇文章居然错了好多字。那已经是再版，前一版没问题，这一版怎么会错呢？原来是印刷工人不小心把版子掉在地上，怕被骂，自己偷偷重新拣字，排了那一页。

《萤窗小语》本本畅销，出到第四集，我已经还清了房屋贷款，正好美国丹维尔美术馆请我做驻馆艺术家，于是在一九七八年出国。我教的是中国绘画，这方面的英文教科书很少，我决定自己写几本，所以连续几年，都利用寒暑假回台湾制作画册。

当时的出版很兴旺，虽然平版印刷已经普及，很多文字书还是用铅字印刷，尤其几家老出版社，很自豪地说他们的书摸起来就是不一样，因为有铅字压的痕迹，不像平版，没个性！

我的画册是彩色印刷，质量要求高，不得不用金属的 PS 版（预涂感光版）。跟我合作的是"沈氏艺术印刷"的沈金涂老板，那时候他的印刷厂在万华，虽然已经用德国进口的机器印刷，却一次只能印两个颜色。比起后来黑蓝黄红四个颜色一次完成，能够立刻调整的"四色印刷"，"双色印刷"实在是冒险。因为只印完两个颜色，不知道对不对。记得有一回樱花印淡了，我跟沈老板半夜把印好的东西重新上机，再印一次红色。还有一回，发现有个字不清楚，重新晒版来不及，我居然爬上印刷机，自己用小刀硬在版子上刻了几笔，这都是野狐禅，成果居然不错。沈氏艺术印刷也一再扩张，股票上柜，成为印刷界的领军者。

随着平版印刷的进步，铅字排版的质量已经不够，因为那些"压"出来或"打"出来的字，笔画边缘不够清楚，幸亏这时候有了"照相打字"。

从活字排版厂到照相打字行，好像从农业时代跳进太空时代。推开厚厚的玻璃门，里面黑乎乎、冷飕飕，只见一台台大机器如同太空舱，里面各坐一人，在很有情调的灯光下操作。也不像传统的中文打字机，嗒嗒嗒嗒吵死人，而是"润物细无声"，除了冷气外，里面还有一股药味，好像进入化验室。

原来照相打字的原理跟洗照片一样，是让光线透过文字的"负片"，再经过镜头调整，在感光相纸上"成像"。同样一个字的底片，只要调整镜头，就能变成大的、小的、长的、扁的、斜的。因为是"感"光，不是"打"字，那些字体黑白分明，清楚极了！感光之后的相纸要拿去冲洗，所以有化学药水的味道。

照相打字也有它的缺点，就是要一个字一个字地算钱，比传统打字贵得多，而且打出来的成品是一张张的照片，字体、行间都固定，就算只改一个字，也得动手术。

确实是动手术，我得先用刀片把要改的一行字（或几行字）切开，将相片药膜上的字小心地剥起来，把要加的字贴下去，要减的字割下来，再将剥下来的字重新粘回去，常常牵一发而动全身。

　　因为龟毛的个性，我不容许有半毫米的误差，所以总用个像圆规的"分规"测量。沈氏印刷厂有不少美工，有一次我去，才进门就发现一位小姐偷偷对其他小姐伸出两指，露出诡异的笑。我问为什么？小姐说："意思是你来了，大家要小心！你口袋里不是都带着那个像圆规的小东西吗？我们差一点点，你就要我们重做。"

　　我也会深更半夜去印刷厂督印，有一回夜里十二点，才进门就看到一辆遥控的玩具车在印刷机之间飞奔，还差点撞到我。虽然我没告状，但是据说第二天领班就自请处分。

　　还有一天，我在家突然接到印刷厂工人的电话，说他发现书上有错字。第二天我特别请厂长给这工人记功，但是厂长说那工人不专心，正要给他记过呢！我说："他居然发现了我书上的错字，太不简单了！"厂长说："就是不认真啊！版子晒好，他不赶快印，却趴在上面读你的文章，所以才能看到错字。"

　　我的画册是中英文版，有一阵子纽约曼哈顿中城，包括巴诺（Barnes & Noble）等三家大书店在橱窗里摆我的书。但我卖一本赔一本，因为书都用包裹从台湾寄来，邮费很贵，书店折扣又要得狠。更糟的是因为抬一箱箱的画册，使我四十岁就有了腰椎方面的问题。还有个挫折，是有一年我印了月历，书店老板一看就喜欢，但是当他用铅笔在月历上才写两笔就摇头了，因为美国人习惯在月历上记事，我用的纸张太光滑，铅笔写不上去。

从十七岁到七十岁，从铅字排版、中文打字、照相打字、计算机打字、锌版、蛋白版、PS版到计算机直接制版（CTP制版），加上在台湾师范大学学的篆刻、绢印和后来在研究所学的"石版印刷"，我似乎经历了整个印刷史的演变。我必须说印刷影响了我半生，如果没有学生时期跟印刷厂接触的经验，懂得自己出版，我的《萤窗小语》很可能见不了天日，我更不可能后来一本接着一本写，甚至成立"水云斋"，成为专业的作家和出版人。

而今我的柜子里还摆着五十年前编校刊时留下的锌版、四十年前从日本京都买回的"浮世绘"套版、三十年前民俗学家张木养送我的《往生神咒》古版、十二年前中国盲文出版社送我的许多铅字。近年来我还把死掉的兰花叶子都收起来，打算有一天浸泡分解为纸浆，制造成兰花纸，自己制版，自己印刷，再亲手一针一针，做成线装的小书……

虽然年逾古稀，对印刷这门手艺，我还是一往情深呢！

# 咖啡老豆

我有食道逆流的问题，只要一天不吃药，酸水就能涌到喉咙。医生说别喝咖啡了，我大惊道："老夫烟酒不沾，连餐馆都很少去，你再禁我咖啡，我还活着干什么？"

我十五岁就开始喝咖啡，全是受侨生的影响。那时候我家楼下住了几个马来西亚侨生，每天下午都把浓浓的咖啡香，送过长长的走廊和窄窄的楼梯，送到我二楼的书房。偏偏我因病休学，天天在家，去厕所又一定得经过他们的房间，只要探头看一眼，就能蹭来一杯香醇的咖啡。

侨生毕业离开了，我却有了咖啡瘾。那年代似乎还没什么速溶咖啡，所幸点心铺卖一种方糖咖啡，八成也是南洋的，包装纸很脆，打开时常把糖粉撒一地。大大的一块，外面是糖，里头包着咖啡粉。只要扔进开水，马上溶成一杯。记忆中那咖啡香极了，每次冲咖啡，都有幸福感。但不知是否因为咖啡粉没经过浓缩，不能完全溶解，我得边喝边搅，喝下去有点沙沙的，而且特别浓，让我失眠。

大学时代我开始泡咖啡馆，那时候最爱带女朋友去西门町，恋爱三部曲是吃饭，看电影，泡咖啡馆。进咖啡馆之前先得看清招牌，一种是"音乐咖啡馆"，一种是"纯吃茶"。前面的多半"有颜色"，后面的才是可以聊天读书的。但我相信除了周梦蝶在门口摆摊的"明星咖啡馆"外，不会有人去咖啡馆读书，因为半个字也看不见。推开厚厚的门，刚进去简直伸手不见五指。椅背极高，加上旁边有盆栽或竹帘，谁也不知道里面正在发生什么事。

大学毕业，我进入中视新闻部，办公室门口有个咖啡机，进门第一件事就是倒咖啡。这几乎成为我上班的仪式，不把咖啡放在桌上，喝一口，新闻稿就写不出来。新闻部经理自己不倒，由工友侍候。某日工友生病，一位摄影助理自告奋勇，把咖啡调好送进去，接着听见里面大咳大叫和呕吐声，原来助理把洗衣粉当成奶精了。好一阵子，同事们都猜经理是不是得罪了那位助理，还有，为什么洗衣粉会放在咖啡机的旁边？

一九七七年我到巴黎制作《欧洲艺术巡礼》，领教了另一种咖啡。那天我从旅馆出来，抬头看见埃菲尔铁塔，决定走路过去。穿街转巷抬头，铁塔似乎在眼前，却走到天黑才到。铁塔的门已经锁上，我没带水，走一下午，渴死了！总算找到一家咖啡馆，急急点了一杯。没想到侍者端上"小人国"的产品。我问："怎么这么小杯？"侍者耸耸肩，撇撇嘴说："你要美国咖啡吗？去美国！"他那眼神说不上来是轻蔑还是同情，但我一辈子不会忘。

一九七八年我果然去了美国，刚到时有两种味道，留下深刻的记忆，一种是洗洁精的香味，因为我在国内不洗碗，去了之后住在朋友家里，抢着洗，所以对洗洁精留下百味杂陈的记忆。另一种香味就是咖啡了，天涯共此时，月亮从哪里看都差不多。咖啡也一样，无论你在哪个国家，四周飘着咖喱姜黄抑或花椒孜然的味道，咖啡香总是差不多的。

只身在纽约的那段日子，我都冲三合一的咖啡，一人喝，一人望着窗外，然后晚上失眠。失眠夜特别有灵感，辗转反侧不如再来杯咖啡。所以那阵子我写了不少东西，《点一盏心灯》就是冲一壶咖啡的产物。

全家都到美国之后，我不用自己煮咖啡了，奇怪的是，我的失眠也好了，就算下午连喝四大杯，也不会失眠，所以我总是很谄媚地对太太说："你是安眠药！"

老婆调理的咖啡比我讲究多了，她会去咖啡专卖店买不同的豆子，组合出丰富的味道。有的焦一点，有的酸一点，有些带榛子或杏仁的味道。有一天我跟太太上街，顺道拜访那个专卖店，想必因为太太是熟客，店员一边包咖啡豆，一边上下打量我，对我笑。

过不久，大概因为教美国毛孩子的压力太大，我心跳过速的毛病又犯了，想起在咖啡店里看到没咖啡因的豆子，我对太太说这阵子心慌，给我掺一点 Decaffeinated（没有咖啡因）的咖啡豆吧！太太听了一笑："你几时喝有咖啡因的了？我从没买过有咖啡因的，只是叫店员别写在袋子上。"

在美国教了十年书，我回中国为林玉山老师编写《林玉山画论画法》。有一天谈到喝咖啡，林老师说："啊！你美术系的学长，印尼侨生刚送一大包咖啡给我，我不喝，你拿去吧！"果然好大一包，用塑料袋跟牛皮纸包了几层，我兴冲冲地拿回家，打开来，只见很黑很黑的粉末，没闻到什么咖啡的味道。放进壶里煮，都冒泡了，像酱油，还是闻不到咖啡香。尝一尝，很好喝，仍不确定是咖啡。直到躺上床，整夜睡不着，才知道那真是咖啡。

当时台湾特别讲究咖啡文化，甚至有长裙曳地的女生跪在顾客前面煮咖啡，喝完之后还奉送杯子。我也追时髦，置备了成套的虹吸式咖啡机，上下两组玻璃壶，中间有棉质的滤网，咖啡在上，水在下，最底下点酒精灯。麻烦的是：我常煮上之后，去写稿，回头，玻璃壶已经烧破了。就算点火之前，对自己千叮万嘱别忘记，还是会把壶烧坏。

喝了将近一甲子的咖啡，我简直成了咖啡信徒，只要有人说咖啡不好，我一定拿出一堆资料反驳：咖啡非但提神，而且抗氧化、抗忧郁、防 1 型糖尿病和肝癌，还能防老年痴呆，而且医学统计一天喝三杯以上，好处才明显。

我就一天喝四杯，午餐后一杯，下午创作时一杯，晚餐后一杯，睡前再加一杯，喝不完甚至带到枕边，半夜渴了，喝两口。

如果有人骂我睡前喝，是存心找自己麻烦。我一定回他："不喝怎有精神做梦呢？"妙的是如果我当天吃了很多巧克力，或咖啡冰淇淋，晚上那杯咖啡可能喝一半就搁下了。这表示我有个咖啡量，不喝不舒服，达标自然停。

不过家里的咖啡豆还是太太去买，她说我喜欢喝焦一点、苦一点的，必须买某个牌子。我偶尔会偷偷把咖啡罐拿来，戴上老花镜，细细读上面的说明。因为喝遍世界的"咖啡老豆"，古稀之年不能再上当了！

# 馓子

小时候，看见女生脑后垂着粗粗的辫子，我会说那像麻花；当辫子松了，我就改口，说那是个馓子。许多同学不知道馓子是什么，我则为他们解说：馓子就像又松又大的麻花，由于它又酥又脆，一压就碎，一咬便散得满桌都是，所以叫馓子。

馓子是馓子爷爷做的。在那时候，似乎除了他，没有人能做得出馓子。用那么多细细的、脆得冒泡的小面条，又卷又编地，做成那近一尺[1]长的大馓子，该是多么精工啊。

"只有馓子爷爷的老手艺才能做出这么好的馓子。"爸爸也常这么说。每当他讲完，又总会添上一句："其实馓子爷爷原来不是做馓子的，在大陆的时候，他家里很有钱，有着大片的地租给佃农。但他是个很厚道的地主，不但地租要得低，每年春、秋，到了农忙的季节，还特别雇来铁匠，免费为佃农修整农耕的器具；

---

1 一尺合三分之一米。

更设有托儿所，为大家照顾幼儿，使得妇女也能下田帮助丈夫。他真是个老好人，只是时运不济。也亏得小时候跟在用人身边，学会了这手艺，而今靠着它糊口。"

大概也正因此，父亲对馓子爷爷非常尊敬。每次听到外面传来馓子爷爷沙哑的叫卖声："馓子、麻花！"父亲总要穿整衣服，亲自出去买。他们常站在晚风中聊天，一谈就是十几分钟。我最记得馓子爷爷的白胡子，在晚风里摇，还有那剪得短短的小平头的白发和灰布的衣衫，对比得他的脸总是红扑扑的。他的脚踏车，从来不是用来骑的，只是推着走。上面摆着一个长方形的竹篮子，里面铺着白布，再垫上油纸，一条条金黄色、香喷喷的馓子和麻花，则分两排，整整齐齐地放在里面。

"馓子爷爷，我爸爸说你以前在大陆很有钱，很有钱。"每次我打岔，馓子爷爷总是挥手笑笑："过去的事，不要提了！"他的脸似乎更红了。

"有钱难道是害羞的事吗？"我当时很不解，"还是一朝穷困，就会有不堪再提当年勇的尴尬？"

馓子爷爷确实是穷困的。我曾经有一天晚上随着父亲到他在泰顺街违建区的家里，我们通过窄得不容两人并肩的小巷子，似乎还穿过好几个人家的厨房，地上油亮亮，却又水洼洼的，弯来转去，才进到一个灰暗的小屋里。房子非常矮，没有天花板，虽然贴满了报纸，仍然可以看见上面的竹条屋顶和漏水的痕迹。

屋里只有一张床，上面坐着一个大男孩，大约上高中了。离床不远的地上，放了煤球炉子，上面置个大油锅，旁边则有些简单的盘碗。

儆子爷爷并没有让我们坐，因为屋里唯一能坐的就是那张床。而床上的男孩略略点个头之后，没有下床。不知他是故意，还是为了能从屋子中间挂的小灯泡得到更多的光亮，而转头举着书看。

"要考大学了！四个孩子，两男两女，就只有这个老幺跟我跑出来。他娘死好几年了，没人管，没教养。"儆子爷爷说着，便弯身，伸手从床底下拖出一个两尺宽的铝盆，盆子似乎很重，父亲帮了一把，却被儆子爷爷止住了，原因是盆子也只能拖出床边，便已是贴着油锅，再没地方移动。

盆子里全是稀稀软软的面，上面泛着一层黄色的油光。这时只见儆子爷爷拿出两根特长的大筷子，把那面左拨右拨，甩了又甩，仿佛母亲做手拉面似的，抽出一大堆面丝，再以两根筷子各绞着面丝的一头，双手打个转，"沙"的一声，锅里略略爆出几点油星，那原先小小的一条面，竟然在瞬间膨胀扩大。捞出来，就是我每天早晨吃的馓子了。

从那时起，我每次吃馓子，都先咬一口，再把顿时松散的小细条，一根根地捡起塞进嘴里。心里想着，这里的每一根，都是馓子爷爷用两根筷子拉出来的，尤其神妙的是，它竟然是由床底下的一盆油面变出来的。不知道那床，是不是有很大的学问？在我小小的心灵里，哪会想到，馓子爷爷的家，除了床底下，根本找不到别的地方可以摆得下那盆面。

参观过馓子爷爷的工作之后，家里似乎更少不得馓子、麻花了，不知是因为母亲胃不好，得吃干干的麻花，还是父亲每天非吃新出锅的香酥馓子不可，正如馓子爷爷说的："你们家是包饭的。"也因此，就算是刮风下雨，他也会专程披着雨衣送来两包。

父亲病后，馓子爷爷除了送进家里，在床边陪父亲聊聊；当父亲临终，什么都不能入口的时候，他还带了一大包馓子到医院去。我急急地把馓子拿到父亲唇边，父亲摇了摇头，又点了点头，示意我吃。馓子爷爷把我拉到病床边的椅子坐下，摊了张油纸在我腿上，叫我就着吃。又递了一个给竟日未食的母亲，说是才出锅的。母亲咬了一口，馓子纷纷碎落在油纸上，滴滴答答的声音好一会儿都不止，原来是母亲那像断线珠子般扑簌簌的泪水。

　　那是我最后一次看见母亲吃馓子。父亲死后，家里便再也不曾出现馓子了。母亲说因为吃到馓子，就会想起父亲，想到一家人早晨坐在桌前，异口同吃，"咔"的一声，接着馓子便纷纷坠落的景象。而我也不愿再吃馓子，因为总记得母亲落在油纸上的泪水，和那永远清晰的滴滴答答的声音。

# 刘猫关门喽

　　我爱猫，我的儿子也爱，我猜他小时候甚至懂得猫语，因为他的"胎教"就是"猫叫"。我太太怀他的时候总抱着猫，肚皮里面是儿子，外面是猫。儿子出生之后叫"刘轩"，猫叫"刘猫"，比刘轩大一岁。

　　那时候我住在台北市长安东路的违建区，大杂院里有四家，跟我紧邻的姓戴，儿女都杰出。有一天傍晚，我听见戴先生对着他女儿大吼："怎么带这么个东西回家？找麻烦哪！明天扔掉！"接着听见那女孩哭，哭一阵子不哭了，改成喵喵喵的小猫哭，哭了一夜。

　　第二天早上我看见那小女生出门，手里抱着一个盒子，我追过去问是不是猫？她点头说爸爸不让养，要扔掉，一边说一边擦眼泪。我说给我好了！我会养。小女生就笑了！

　　我和太太两个人轮流用眼药水瓶装牛奶喂刘猫，没多久它就能四处跑了。大概因为从小由人喂大，又总被我们抱着，刘猫非常听话。一般猫会耍"酷"，叫它，它不一定来。刘猫一叫就来，而且边走边哼，好像说："别急别急，我来了！我来了！"

也就因为由人带大，没有猫爸猫妈教导，又没经过街头历练，刘猫连老鼠都不认识，甚至跟老鼠做朋友。有一天我听见猫碗那边传出喝汤的声音，却见刘猫蹲在不远处，过去看，原来一只尖嘴的大老鼠正在喝刘猫的蛋花汤。我拿棍子打老鼠，老鼠四处钻，一边跑一边尖叫，刘猫居然追着看热闹，我怕打到它，只好一手抱猫，一手拿着棍子追打，老鼠硬是溜掉了。

大概人鼠大战太激烈，第二天隔壁戴先生还过来问我怎么回事？我说有只尖嘴的老鼠很会尖叫，戴先生居然说："那是田鼠（臭鼩），又叫钱鼠，不能打，它是给你送钱来的。"但我才回屋，就听见他骂女儿："都是你找麻烦，那猫夜里鬼叫，吵得我睡不着觉。"

确实如此，刘猫长大就不老实了，成天想往外跑，出不去，就发出像娃娃哭的叫声。我实在没办法，在它头上罩个袜子，没用，反而叫得更响。有一天它不见了，不知怎的上了天花板，在上面叫，喊它，它会回应，却下不来。我正发愁呢，突然啪啦一声，刘猫

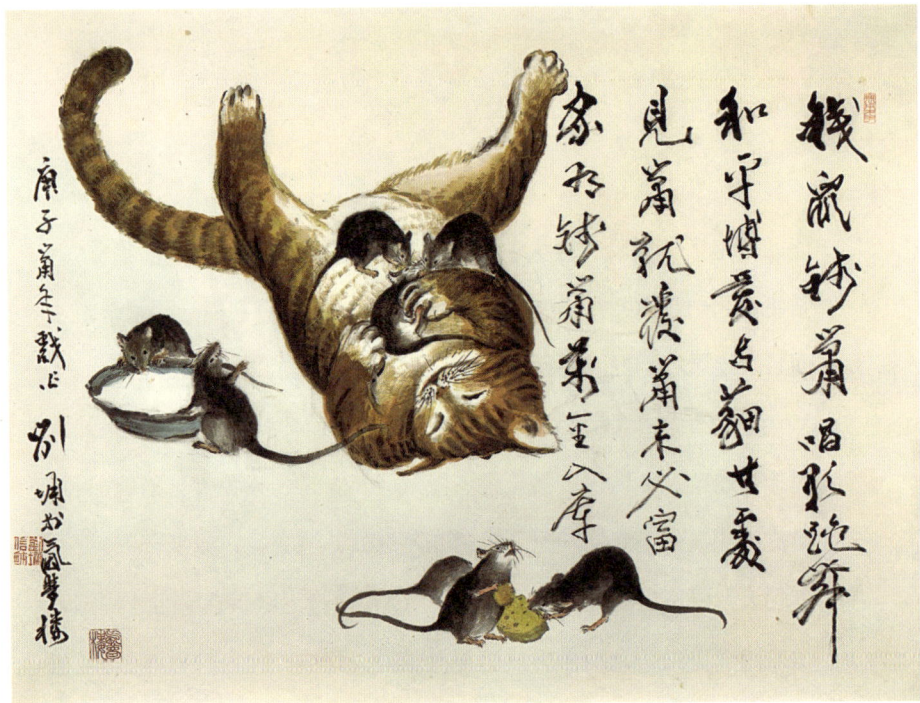

钱鼠猫戏图

因为由人带大，没有猫爸猫妈教导，
又没经过街头历练，
刘猫连老鼠都不认识，甚至跟老鼠做朋友。

从天而降，还带下一大块天花板跟满屋子的灰尘，让我已经够寒碜的家又破了顶。

所幸"叫春"有个季节，过些时候刘猫不叫了，但不知为什么，只要我洗澡，它就会发疯似的在门外边叫边跳，浴室上面的两片玻璃是透明的，只见它一跳一跳露出的猫头。放它进来，立刻就不叫了，站在旁边很专心地看我洗澡，溅一身水也不怕。

刘猫跟着我长大，还是很有文化的。我看书的时候它常跳上桌子，坐在书上，我必须一次又一次推开它的大屁股，才能看下一行。我画画的时候它也爱凑热闹。有一天我正作画，它哼哼唧唧地跑过来，跳上桌子，两只前脚正好踩进砚台，接着跑过我的画，硬把我将近完成的山水画变成"墨梅"。

刘猫跟刘轩一起长大，当然跟刘轩很亲，刘轩刚被抱回家，刘猫就好奇，不断探头嗅小奶娃。刘轩在婴儿床里一哭，大人没到，刘猫先到，站得直直地扒着栏杆看。我太太虽然怀孕时整天抱着刘猫，但是从生完孩子就变了，只要看到刘猫扒着小床看，过去就一巴掌，她的道理是怕刘猫会嫉妒刘轩。

所幸刘轩夜里都跟奶奶睡，刘猫还是跟我们睡，冬天它会从床的边缘，钻进棉被里，一点一点往里拱。夏天则睡在棉被上面，沉沉地压在我和太太之间，让我们翻身都难。更麻烦的是有时候它会睡到我头的上方，两只脚在我头左边，两只脚在右边，把我的脑袋圈在中间。那阵子我常半夜哮喘，还急诊进过医院，医生说是对猫敏感造成的。我笑说："没办法啊！我的猫非跟我睡不可。"

在刘猫心里，跟我们睡一定是大事，如果我们忘了它，关上卧室门，它除了在外面乱抓外，还会嘶吼。所以，我关门之前一定先喊："要睡觉喽！刘猫关门喽！"这时候就算它原先躲在地板底下，也会立刻出现。最记得有一回它远远跑来，因为跑太快，刹不住车，在卧室门口的地板上滑了好长一段，重重地撞到前面的冰箱。所以，一直到今天，我和太太睡觉前还总是笑说："刘猫关门喽！"

刘猫虽然不会抓老鼠，但是能看家，有阵子我去电视台录像，常弄到深夜，每次只要把钥匙插进大门的锁孔，隔着院子，已经能听见它在喵喵叫。

还有一回，我出去办点事情，有个学生在我家画画。过不久我回来，学生不见了，留个字条："刘猫攻击我。"我一边骂猫，一边窃喜，没想到"刘猫"还是"刘狗"！

刘猫不抓老鼠，但是会捉苍蝇，只要发现苍蝇，它就激动无比，嘴里发出颤抖的低吼，但它不会去窗子上扑，而是等在屋子中间，当苍蝇飞过的那一瞬间，高高跃起，用两只小手把苍蝇夹住。而且不知因为苍蝇太美味，抑或它太得意，每次抓到苍蝇，它一定会吃掉，而且边吃边吼。我常笑它："那么小的东西，你吼什么？"

为了总能把握它的行踪，从刘猫很小的时候，我就给它挂了铃铛。听到丁零丁零响，是它在走动；听到一大串铃声，是它在抓痒。它最爱去的是日式房子的地板底下，我常听见脚下有叮叮的声音传来，然后是咔吱咔吱的刺耳响声，那八成是它在抓通往院子的铁窗，想要越狱。它也总躲在门边，趁我们开门时不注意，飞也似的钻出去。每次出去，我都得煞费苦心地找，所幸只要拿着它的碗，一路走一路敲，它八成就会出现。但有一次，它不知怎么上了房顶，我敲碗，它会叫，站在房檐低头对我哭。最后我只好借个梯子，爬上去把它抱下来。

刘猫最后一次越狱，不知感染了什么病毒，起先不太吃东西，总窝在角落睡觉，渐渐身体浮肿，一天比一天大。我拿猫笼过来，以前它都躲，这次居然自己走了进去。我把它带去宠物医院，医生在刘猫的皮上切个口，立刻流出好多血水，医生又拿个镊子夹着棉花往里掏。我的心在淌血，因为刘猫的毛皮和肉好像分开了。

当天晚上，它还吃了几口沙丁鱼，但是没抢着跟我睡。

第二天，它没再出现，敲碗也没反应，我四处找，连折叠床都拉开来看，还拿着手电筒往天花板上照，都没它的影子。母亲说昨夜她起床，看到刘猫站在台阶前抬起头对她叫了一声，母亲安慰它："你好疼啊！对不对？你好可怜啊！"刘猫就走进屋角放猫砂的地方。那里可以通往地板下面，我猜它一定在那儿，问题是下面很大，它会在哪个位置？

我拿了大螺丝刀，走到卧室的床边，也就是刘猫每天跳上床的位置，掀起一块榻榻米，露出下面的地板，再用螺丝刀撬起一块木板，一边撬一边心里说："刘猫！你乖乖，就睡在这儿吧！别让我四处找了。"

果然，地板掀开，刘猫平平地躺在正下方。

我把它抱起来，哭了！正好表弟来，当着他的面哭，我觉得很不好意思，但我还是忍不住抽搐。

四十六年过去，今年元旦我带着儿孙一家，到长安东路一段三十巷三弄找我的老家。因为房子是违建，早已拆除，变成公园。我只能猜想老家的位置，幸亏看到一棵超大的榕树，那不是我以前墙边的树吗？

　　我牵着孙子，利用榕树算出老家大门的位置，往前走："左边是你爸爸小时候住的地方，我们有三间房，本来是铁路工人住的，后来你曾祖父死了，原先住的房子又失火烧光了，公家就把我们安置在这儿。你奶奶也是嫁进了这个贫民区的院子，每次你曾外祖母来，走的时候都会站在长安东路上，一边等车，一边掉眼泪。再往前走是公共厕所，每次客人要上厕所，爷爷都觉得很丢脸，因为实在太脏太臭了。从厕所过去，是一小块空地，堆满了瓦砾，再过去是围墙，墙外就是华山驳车厂。来往台北和基隆的火车都从这儿过，火车头在这里维修，和车厢连接也在这里。它们是用撞的方式连接，发出很大的声音。尤其夜里，那惊天动地的'当'的一声，咱们屋子都会震动，接着哇一声，你爸爸被吓哭了！"

　　我蹲下身，摸着草地，回头对孙子说："这下头睡着刘猫，你爸爸的好兄弟、好玩伴，三岁就死了。你奶奶虽然不喜欢任何小动物，但是很爱刘猫，直到今天，爷爷奶奶睡觉前还总会说：'刘猫关门喽！'想象它冲过来的黄色身影，以及它刹不住车，撞在冰箱上的'砰'的一声……"

## 小白狗

　　每当冰雪的日子，我经过长巷，看着两侧人家帘帷深垂的窗子，总会想起那只小白狗，总觉得它会突然从某一个窗帘下钻出头来……

　　初到纽约的那年，我是不开车的，住在法拉盛区，每次为了到远在牙买加区的学校上课，总得走一段路去搭巴士。刚开学那段金风红叶的秋天，这些路不但不苦，还是种享受，但是当头上的枫红，转为脚下沙沙的叹息，再淋上暮秋的冷雨、寒霜，那感觉的肃杀，加上浓浓的乡愁，就有些惨惨戚戚了。

　　从爱希街的住所走出来，我总是左转到下一条街的路旁等车，车站右边不远有个小杂货店，天暖时，常有些西裔少年聚集在店门口，他们的喧哗惹我厌烦，但是随着天寒，孩子们都躲进屋里之后，却又令人寂寥了起来。初时还能捡捡脚边艳黄色的银杏叶子，排遣等车的孤单，到了北风起时，竟连叶子也难得了。

　　纽约的车子，并不像早先想象中那么准时，尤其是越区行驶，穿梭在小巷里的这种橘红色的巴士，有时候可以让人等上二三十分钟。

　　起初我总是站在很近街心的地方张望，但是愈来愈刺骨的寒风，使我不得不瑟缩到墙脚。

　　那是一栋老旧的红砖房子，五层楼的公寓，大门在距车牌二十米的地方。对着车站，则是人家的窗子，总是垂着已经褪了色的、想当年应该是黄色的窗帘。

　　又是一个寒冷的日子，使我不得不紧靠在那栋楼的边上。以左前方大银杏树的树干来阻拦些许寒风。那风真是足以刺骨、裂肤的，仿佛刀子一样穿透我层层的衣服，加上脚下湿滑的地面，更有一股沁人的寒意，缓缓地透入脚心。

　　车子还是不来，我心里正冻得发慌，突然，身后人家的窗帘间，探出一个小脑袋，原来是只可爱的小白狗，想必它是站在一张椅子，或是什么东西上，费劲地撑着颈子向外张望，对我凝视。

　　它有着棕黑色的眼睛，好亮好亮，还有那黑色的小鼻头，顶着窗玻璃猛呼吸，似乎想嗅出我的味道，却呵出了一片水蒸气。

　　我对它挤了一下眼睛，它似乎十分兴奋，玻璃上的水蒸气也跟着扩大。那窗帘不断颤动，相信它的尾巴也正在后面不停地摇摆。我吹了两声口哨，它的耳朵抖动，眼睛好像更亮了。

突然一双大手由帘后伸了出来，把它的身体抓住，它便一下子消逝在帘后。

尽管如此，这只小白狗的出现，竟然使我忘记寒冷，巴士也在不远处转了过来。

第二天，我又到车站等车，看看窗子。没有小白狗，想想自己已经在这儿等了几个月的车，只有昨天才见到小狗，或许它是客人偶然带来的吧！不过我还是吹了吹口哨。它没有出现，我又吹了吹。

窗帘开始颤动，先是露出两只小脚爪，扒在窗台上，跟着那黑黝黝的小鼻子，狂猛地呼吸着，小白狗又钻了出来。

于是每天下午两点多钟，我去车站等车时，总要以口哨声把它唤出来。当它一直不出现时，我就一直吹，在寒风中，喷着白烟，非把它叫出来不可。而多半的时候，它都会出现，每次总狂喘着气，像是有好多话要对我说似的，只是常过不了多久，它的主人就会不通人情地把它抱走。

冬天愈深了，有时正等车，突然飘起密雪，才一下子，就能把老银杏的一侧染成银白，我的帽子、肩头、鞋面，都铺上一层白粉。可是当我逗那小白狗时，竟然能忘记把身上的雪花抖落，上到巴士，那雪便一下子融化，弄湿了衣服。

有时候我会带上几块牛肉干，那是由中国寄来，疗治乡愁的奢侈品，我却愿意与小白狗共享，可惜它只能隔着冻了冰条的窗玻璃一个劲地吸气，却始终没能如我所盼望的，从不远处的正门出现。

那是我到美国所经历的第一个隆冬，一个异乡游子，"岁暮乡心切"的冰雪的冬天。朋友不多，家书再多也总觉得不足，这可爱的、不知名的小白狗，倒成为我的一个隔窗心会神交的朋友。它似乎能预期我出现，有时当我走向车站，老远已经可以看见它那仰着的头。

其实那窗台不是不宽，但它从来不曾在上面坐过，想必下面垫的东西不够高，所以只能仰着脸张望。倒是有两回大雪过后，铲雪车把雪堆在路的两侧，我站在雪上，将脸贴着窗子，亲过它一下，虽然是冰冷的玻璃，却有许多会心的微笑。我知道对着人家窗子张望是极失礼的行为，但是忍不住地想去接近那小白狗。有时候我想，过去它是我聊慰寂寞、忘却寒冷的盼望，渐渐我似乎也成了它的盼望。

岂料，就在冬将残，树梢已经燃起新绿的一个午后，当我又如往日般与它无声地交谈时，突然窗帘被拉开半边，一个肥胖的老女人，隔着窗子不知道对我还是小狗喊了几声，从此，小白狗就再也不曾出现过。

不管我把口哨吹得多响，那窗帘依旧深垂。我由盼望、等待，到失望、气愤，一只小狗怎么能整天关在屋子里呢？它的寂寞必有甚于我啊！有时我特别在假日散步到那栋公寓附近，也从不曾见小白狗出来走动，倒是老女人，常呼朋引类地进进出出。

日子一天天地过去，虽然天气早已和暖，眼前的春景，却不能取代我对小白狗的盼望，我相信附近的人一定会觉得奇怪，为什么这个东方面孔，每次等车时，总要对着老太婆的窗子猛吹口哨。

暮春，我在学校附近买的房子完成了交房手续，当朋友们帮我把所有的东西都搬去了新居，我却要求他们再开车送我到原来的住处附近，到那车站——我决定去敲老太婆的门，向她抗议，要求她立即改进对小白狗的态度。

我按了门铃，对讲机里传来老太婆的声音。我对她说明来意，并希望再看看那小白狗，道声再见。

　　"是我移走了窗边的椅子，不希望它去看你；你也最好不要见它，因为你会失望！"

　　"它死了吗？"我大吃一惊，"它病了吗？"

　　"都没有，跟以前一样！"

　　"那么让我再看它一下吧！因为它帮助我度过了一生中最寒冷的冬天！"

　　"既然你坚持，就到你常站的那扇窗外等着，你就会知道，它每次要花多大力量，才能张望到你。"

　　我飞步到窗外，欣喜地吹着我常吹的口哨，心几乎要跳了出来，这是与久别的挚友即将重逢的一刻啊！

　　窗帘被拉开了，老太婆站在窗后，弯下腰，终于我日夜盼望的小白狗又出现在眼前。老太婆把小白狗缓缓举起，我震惊了，震惊得说不出话来：

　　那可爱的小白狗，竟然……竟然没有两条后腿。

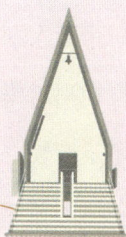

第四章

# 花草钟情

# 踏雪寻梅

不知是否因为太受宠，从小我就自以为是。记得刚上幼儿园的时候，早上到学校，老师总带着大家唱："老师早呀！同学早呀！"我学会了，回家很得意地唱给妈妈听："老帅遭殃！同学遭殃！"妈妈说："错了！不是遭殃，是早呀！"我不认错，扭头就走，等爸爸下班唱给爸爸听。爸爸居然也说："不是遭殃，是早呀！"还转头问我娘："儿子怎么会说遭殃？这个词挺深，儿子居然会，不简单！"这下子让我更得意了，无论他们怎么纠正，我还是坚持："老师遭殃！同学遭殃！"

大概因为我太固执，那词又太刺激，老爸老妈居然一起带我去幼儿园，请老师告诉我。

我至今记得站在教室外面的走廊上，老爸在左，老妈在右，中间夹着五岁的我，对面是老师。老师蹲下来盯着我的眼睛说："谢谢你，刘小弟！但是老师不遭殃！同学也不遭殃！是老师早呀！

同学早呀！"

　　另一次我自以为是，就不能全怪我了。那是小学三年级，大家上台演唱《踏雪寻梅》："雪霁天晴朗，蜡梅处处香，骑驴灞桥过，铃儿响叮当……"每个人手上拿个铃鼓，边唱边拍，前两句用手拍，后两句攥着铃鼓往腿上打。这真是过瘾极了！尤其往身上打的时候，配合歌词的"响叮当，响叮当"，一个字打一下，特别有意思。我狠狠地用力，打得奇响，表演那天居然打掉了两个"铃铛"，好死不死滚到台下，被个一年级的小鬼捡起来，偷偷放到舞台边上，还伸伸舌头，引起一团哄笑。我倒是一点也没觉得尴尬，心想这铃铛掉在地上的声音，不是才真像"响叮当，响叮当"吗？

　　既然得意，当然要表演给爸爸看。那时爸爸已经因为直肠癌住院四个多月，妈妈陪他在医院，我特别叫了辆三轮车去，站在爸爸的病床前，一边大声唱，一边狠狠地拍打我的铃鼓。虽然掉了两个"铃铛"，但在医院那么安静的地方还是挺响，引得护士们都跑来了，挤在门口，还叫我再唱两遍。

　　每一遍唱完，爸爸都带着大家鼓掌，还说："我儿真是小天才，会画画，还会唱歌跳舞！"接着叫我拿铃鼓给他看，说改天出院，他可以帮我把铃铛装回去，又问我："你知道什么是蜡梅吗？"

我说："老师讲了，就是腊月的梅花。"爸爸先怔了一下，问："老师这么说的？老师错了！蜡梅不是梅花，那个蜡也不是腊月的腊，蜡梅是另一种花，因为是黄色的，很像用蜡油捏出来的，所以叫蜡梅。蜡是虫字旁，不是月字旁。"

我立刻叫了起来："就是月字旁，我有歌词，不信你看！"可惜那天我只带了铃鼓，没带谱。任爸爸怎么说，我都不信。因为那是老师教的，也是谱子上印的。连我离开病房的时候，都愤愤地回头喊："爸爸骗人！"

昏暗的灯光下，爸爸斜着身子，瘦削苍白的脸，静静地看着我，眼睛里好像有很多话要说又没说出来。

这画面我一生难忘，因为那是我见到父亲的最后一面。


直到二十多年后，我才在日本京都看到真正的蜡梅。当天酷寒，泥土地都冻得像铁。我先去"鸠居堂"买作画用的"山马笔"，出来更冷了，看见对街的公园门口有个冒着白烟的小推车。一个很矮很胖，包着青花头巾的女人，弓着身子在卖烤地瓜。我买了一个，没吃，揣在怀里取暖。走进公园，里面空空的没半个人，只有乌鸦在高高的松树上哇哇叫。多半的树都是秃枝，细看应该是梅花，因为每根枝子上都挂着好多褐色的小花苞，正想如果再晚几个礼拜来就好了。

突然闻到一股幽香，难道已经有梅花绽放？循香走去，不见什么梅花，倒是隔着秃枝看见远处一抹黄。愈走近，香味愈浓，有点像报岁兰醉人的冷香。一棵三米高的小树呈现眼前，如箭的枝条上开满黄色的花朵。虽然树形很像梅，但不像梅花绽放得那么大，重瓣的小黄花多半跟铃铛似的低着头，羞答答的样子。我绕着树走，看见树上挂个牌子，写着大大的两个汉字"蜡梅"。

终于见到蜡梅了，想起父亲在病床上形容的，那些黄黄的花瓣，果然像用蜡油捏出来的，是蜡烛的蜡，不是腊月的腊！

虽然带着相机，我却没为那棵蜡梅拍照，怀里抱着烤地瓜，肩上背着照相机，我继续向前走。好几次想，为什么不拍照呢？活了三十多年才见到第一眼蜡梅，能不拍照留念吗？但是想归想，不知为什么我还是连头都没回。只记得那股幽香从背后传来，走出去好远，我还沉浸在花香中。


又过了二十多年，终于自己种了蜡梅。那是学生送的，原先不过五十厘米的小盆景，虬干、长枝、繁花，才进门就满室生香。可惜两个多礼拜过去，花凋了，却不见新绿。我心想八成只能"一现"，把花移植到院子再说吧！没想到从此年年绽放，而且每次花开都令人惊喜。

"梅花香自苦寒来"，用来形容蜡梅应该更恰当。因为一般的梅花必经"一番寒彻骨"才能开，蜡梅却在寒彻骨的时候已经绽放。好几年都是在大雪之后临窗赏景，惊讶地发现在白雪覆盖的枝头透出几点艳黄，蜡梅竟然冒着大雪开了。虽然提早绽放的常常只有零星几朵，但是枝上已经结满花苞，只要剪一枝进屋，过两三天就会开。我隔几日剪一枝，前面的凋零了，新剪的又接上，可以这样踏雪寻梅半个冬天。

经过二十年，园中的蜡梅已经八尺高，但是我年年赏梅，年年想写生，却一直没画。因为蜡梅不像一般梅花，花瓣、蕊丝和花药分明。蜡梅的花瓣很多，而且长短参差，有些长长地伸出去，像牙齿，俗称"狗牙蜡梅"。又因为防寒，花朵常往下垂着，像倒着的磬，所以又叫"磬口蜡梅"。加上花托很不明显，一层层裹着，花丝、花药也非常小，藏在花心深处。唯有靠近花蕊有些带紫色花纹的小瓣，算是素颜上薄施的淡妆。大概也正因为这些含蓄的特色，历代写生蜡梅的人不多，即使台北故宫博物院收藏的宋徽宗《蜡梅山禽图》，也不过点缀十几朵小花。

今年终于鼓起勇气做了蜡梅写生。先用淡墨勾花，浓墨写枝。我一边画，一边暗赞造物的神奇，每朵花由初绽到盛开，因为花瓣长短和舒展的程度而各有风姿。蜡梅的枝条能朝不同方向伸展，即使生得奇怪，也怪得有风骨，而且因为枝子上有许多结，仿佛黄庭坚的书法用笔，如"长年荡桨""一笔三过"，即使在一寸的秃枝上，也能见到"顿挫"的力量。

用水墨画完，我把绢翻到背面，为每朵花以胡粉晕染出层次，再翻到正面以藤黄染花瓣。枝干上点些"石绿"，表现苔痕。接着以胡粉点雪。"雪霁天晴朗"，雪虽然停了，仍堆在枝头，两只小麻雀等不及地出来嬉戏，站在枝梢打闹，把雪花纷纷摇落。

从外面剪进来的蜡梅，因为屋子温暖，一下子绽放了几十朵。醉人的馨香中，我恍如回到童年，耳边响起叮叮当当的铃鼓和《踏雪寻梅》的歌声："好花采得瓶供养，伴我书声琴韵，共度好时光。"这更让我想起我在父亲床前边跳边唱，跟父亲辩嘴，临走时很没礼貌地回头喊："爸爸骗人！"

雪霁蜡梅香

爸爸对不起，我错了！

蜡梅确实是虫字旁，不是月字旁。

从京都见到蜡梅的那一天，我就想对您说，拖到现在，

是因为我很难面对，六十年前在您病房的那一刻。

　　我一边在画上题字——"己亥年新正 园中蜡梅盛放 以勾勒没骨双反托法写生"，一边在心里说："爸爸对不起，我错了！蜡梅确实是虫字旁，不是月字旁。从京都见到蜡梅的那一天，我就想对您说，拖到现在，是因为我很难面对，六十年前在您病房的那一刻。"

# 火凤凰

我在台北的家的窗外可以看到两棵凤凰木，一棵是对街的，一棵是自己社区的。每年初夏，对街那棵总是先开花，火红火红地从五十米外跳进我的眼帘。可是因为我年年五月底离开台北，所以常抱怨社区的不开花。直到今年留得较晚，才发现自己社区的这棵不遑多让，只是花开得较迟。

凤凰花！从小就常听这名字，好像跟"骊歌"有密切的关系。只要说"又是凤凰花开的季节"，就表示到了毕业和离别的时候。

离别是凄清的，凤凰花是美丽的，两个加在一起，是凄美的。这多浪漫啊！所以就算我没见过真正的凤凰花，中学时写文章也总说："凤凰花开了！凤凰花开了！"直到大学毕业旅行，车子开进台南市，我才在同学的呼喊声中，贴着窗子往上看，见到火红火红的"真身"。

那棵树约有十五米高，树冠像伞，枝条伸展，花很密，都朝着天。所以远看虽然华丽，真正到树下，因为上面的花朵多半被下面的叶子遮蔽，只能看见中间一片绿，四周一圈红。

凤凰花的叶子也是横着开展，二回羽状复叶，一根大叶茎，向左右伸出几十根细长的小叶茎，每根茎上挂着数十片"米粒大"的小叶。当亿万片叶子重叠在一起，简直密不透风，别说窥不到上头的花朵，连天空也被遮蔽。正因此，许多人都说凤凰树高，下头通风凉快，叶子又可以遮太阳，是夏天约会的好地方。

我后来想，这么艳丽的花，这么知名的树，为什么我小时候没印象？是因为个子太小，坐在大树下，不知道头顶上开了花？抑或六十年前台北的凤凰木，就算开也开不多？

查资料，凤凰木原产马达加斯加，十九世纪末才引进中国台湾，从南部一路向北繁衍。六十年前台北的凤凰木应该还不普遍，那时候地球没暖化，北部冷，不适合凤凰木生长。相对地，现在地球暖化，原本在台北吃瘪的凤凰花就次第绽放了！

网络上还说凤凰花曾是四川攀枝花市的市花，只因为有一年虫害严重，死了很多，才把市花改为木棉。攀枝花的纬度跟台北差不多，或许也在同一年代有了凤凰木吧！

从第一次见到凤凰花开，到现在近半个世纪，虽然台北的凤凰花愈来愈普遍，我却没为凤凰花写过生。原因是它们长得太高，让我高攀不上。窗外虽然见得到，但距离远也看不清。

直到 2018 年跟儿子一家，到布里斯班度假。有一天走威廉乔利大桥去现代美术馆。桥到对岸，是弯转而下的引道。很多大人在上面骑脚踏车，小孩利用斜坡玩滑板。突然眼前一亮，一片火红迎面而来，原来斜坡道两边的凤凰花正怒放。

过去仰望见不到的花团锦簇，现在居高临下近在咫尺，但见层层相叠的花朵，好像运动会的啦啦队队员一齐举起手上的彩球，气势非凡！

从过去的仰望变成俯视，我终于可以观察花朵的细节了。凤凰花有五个花瓣，每一瓣都像长柄的勺子，接近花托的地方较细，逐渐变宽变圆。其中四个花瓣是鲜红的，那红，红得厚重，像是亚得里亚海的红珊瑚。另外有一个花瓣，边缘依然是红，但往基部发展，逐渐变成艳黄，还带着许多猩红的点子。十根细细长长的红色雄蕊，则仿佛众星拱月，簇拥着中间娇小的雌蕊。

我靠在桥栏上写生。清风徐来，亿万片羽毛般的小叶子，很轻很柔也很受风，像是碧波点点的海浪，上下浮沉，美极了！

我边画边想：凤凰木长得这么高大，把其他树木都比下去了，

呢喃的不是花，是两只小麻雀，
因为凤凰花下最宜谈心。

戊戌年夏以工笔没骨双友拈法写凤凰花 刚用

所以能拥有最丰富的日照，开出最亮丽的花朵，它根本就是阳光的化身嘛！

"凤凰花"这名字取得也太好了，浴火的凤凰高踞树头，不介意人们是否看得到，只对天空献出夏日的礼赞。

画语：

我作画通常先"观物精微"，写生每个细部，并忠实记录花朵的色彩。所以只要画几朵不同角度的花，就能"举一反三"，完成大张作品。

从布里斯班回来，我经营了这张《呢喃》。呢喃的不是花，是两只小麻雀，因为凤凰花下最宜谈心。

# 少女月桃

每次到大安森林公园，我都会去北侧的围墙旁边看月桃花。

好大好大的一片，成为公园和信义路间的天然围墙。初夏月桃盛开的时候，两米高的月桃，叶中蹿出点点莹白，那些蓓蕾像是罐装的荔枝，每个上面带一抹红。月桃花也就由那里绽放：先裂开小口，钻出个白色的小荷包，再把荷包打开，将厚厚的花瓣向两边伸展，露出艳黄色中带红色花纹的"唇瓣"。

怪不得月桃花又叫"虎子花""艳山姜"，因为那黄底红花纹像虎皮，而且除了艳丽外，月桃还是一种姜。用月桃炖补有清热、消肿、补气的效果。长长的叶片则能用来包粽子，或垫在蒸笼底下蒸糕饼，有清香。

更有人用月桃泡茶，李清照就写过："病起萧萧两鬓华。卧看残月上窗纱。豆蔻连梢煎熟水，莫分茶。"李清照说的豆蔻，不是热带香料，而是指月桃。唐代的风流诗人杜牧不是也说"娉娉娉袅袅十三余，豆蔻梢头二月初"嘛。用月桃形容少女真是再恰当不过了，它从来不会怒放。即使盛开的时候也垂着头，半张着花瓣，露出里面的虎斑裙子。多么娇羞美丽啊！怪不得杜牧接着说："春风十里扬州路，卷上珠帘总不如。"

怀春的少女除了散发幽幽的体香，还会在眼角眉梢做暗示。据专家研究，月桃花的虎斑裙子就是为了招蜂引蝶，不但把蜂蝶用鲜艳的色彩招来，而且以长长的红色花纹，指引客人往花心深处寻芳。

虽然月桃既有月亮的幽，又有桃花的艳。其实它的名称来自闽南语"硬桃"，"硬"的发音与"月"相近，说久了，变成"月桃"。问题是怎么看月桃花都不硬啊！那么高高的茎，正因为有弹性，才能细而不折。那么长而柔的叶子，在风中一起倾倒，像是绿色的海浪。还有一串串的花朵，简直像柔软多汁的葡萄，登山口渴的时候还能用来解渴，怎么会说它是硬桃呢？

相信那是指月桃的蒴果，当花瓣凋零，它会结出绿色的小果子。果子一天天变大，变硬，变成亮丽的朱砂色，外面还带着深深的槽沟。大概因为这些朱红色的果子挂在枝头，像桃子，又硬得惊人，所以得到"硬桃"的称号。

　　所幸女汉子也有放下矜持的时候，当果子成熟，会露出里面密密麻麻的种子。可别小看这些种子，日本闻名百年的"仁丹"，就以这些种子为主要成分，据说不但能清热解毒，还能抗衰老呢！最近更有研究说冲绳的百岁老人特别多，是因为他们总喝月桃茶。

　　月桃全身是宝，除了食用外，它的茎和叶因为具有强韧的纤维，还能用来编织。对它的坚韧，我有亲身经验。有一回到乌来内山，突然下起倾盆大雨，台阶都变成瀑布，我不小心滑倒，像滑滑梯似的向下滑去，眼看要落入山涧，幸亏抓住一丛山边的月桃。下大雨，泥土应该松软，那月桃居然紧紧地抓着地面，让我能够站稳。

　　月桃花另一次带我脱困，是有一回我独自去台北近郊的鸬鹚潭，误了下山时间。当天没有月光，山里一片黑。幸亏山坡上开满月桃花，那白花不但剔透，而且带有荧光，能模模糊糊地看见一点，让我认得道路，不致失足。

　　还有一枝让我难忘的月桃花，是我高中时参加社团去阳明山，临时决定从大屯瀑布上面的集水池，进入七星山的丛林，再从顶北投下山。

　　深秋了，月桃花不在，只隐约中见到藏在叶丛中的红色果实。

| 月桃花 |

用月桃形容少女真是再恰当不过了，
它从来不会怒放。
即使盛开的时候也垂着头，半张着花瓣，
露出里面的虎斑裙子。多么娇羞美丽啊！

我跟一个女生比眼力，只要见到红果子就喊，看谁喊的次数多。

一路上，我们各有发现，我还摘了一枝送给她。然后，我们就不曾见面了。

多年后，我在中视做记者，有一天接到一封信，没写字，只附张照片，拍了个玻璃盒子，里面有根枯枝，还有些斑斑点点。细看，是月桃花黑色的种子。

因为没写寄信地址，我无法回复。但是把这情节写成短篇小说，而且直到今天，只要看到月桃花，无论开或不开，有果或没果，我总会想到那个玻璃盒子。

山坡上开满月桃花，那白花不但剔透，而且带有荧光。

石虎萤火月桃花

## 绛雪妹妹

年年早春，花市里的樱花才过，茶花就登场了，每个摊位都可能摆上几十盆，盆盆品种不同，让我不得不走到摊位深处，一棵一棵地欣赏。

据说山茶花原产云南，最早的品种是单瓣，经过日本引到欧美，品种才不断改良成今天的规模。有的花瓣多达百片，排列整齐得像大理花。有的花瓣呈现不规则的变化，丰满得像是牡丹。还有的花瓣跟花蕊纠缠，让花心高高隆起，好像是芍药。它们的花期也不一样，可以由前一年的中秋，开到第二年的暮春。

品种一多就适于收藏，加上山茶花需要温湿的环境，天太冷、风太大都不行，所以很多北方的植物园，会特别为山茶花建筑花房。我家附近的长岛植物园就有好大一幢，甚至在花房里设楼梯，让大家从高处俯瞰几百棵山茶花。

我看山茶花的情怀很复杂，花开的欣喜常常伴随着花落的怅惘。因为当别的花都是落英缤纷，逐渐凋零的时候，山茶花会突然坠落。一朵朵怎么看都是还在盛放的花朵，不知是因为花太重，还是花托太弱，会好端端地告别枝头，重重地落到地面。"落花犹似坠楼人。"啪！啪！啪！每一声落花，都令人心惊。

山茶花是长寿的木本植物，据说青岛崂山太清宫，触动蒲松龄写出《聊斋志异》中"绛雪姑娘"的那棵山茶，就活了约六百岁。

"绛雪"，多抽象啊！"绛"是大红，大红的雪！蒲松龄为什么会有这个点子？是因为满树的山茶花盛开时好像覆盖了一片红色的雪，还是因为落花满地，只见红花，不见泥土，仿佛在大地上铺满了"绛雪"？

每次早春去阳明山都会见到"绛雪"，也多亏那些落花的提醒，让我能够抬头。因为园里的山茶都是几十年的老树，它们高高在上，花朵又被树叶遮挡，很容易被忽略。

看到娇艳如初绽的花朵落在地面，好像见到躺在棺材里的豆蔻少女，脸颊上不但没有苍白，而且显现一抹绯红。

我总会蹲下身，捡起落花，细细端详。

"不许人间有白头。"美是禁不起凝视的，会不会山茶花也有这样的想法，所以宁愿在最美的时刻告别？

己亥年挽月以工兼没骨勾勒重彩写茶花 刘洞

看到娇艳如初绽的花朵落在地面，好像见到躺在棺材里的豆蔻少女，脸颊上不但没有苍白，而且显现一抹绯红。

让我想到邓丽君、凤飞飞、惠特妮·休斯顿……都在巅峰时陨落。也想到许多告别演出的艺人，明明声音体态还很完美，却选定某一天在掌声中谢幕、在泪眼中告别，为自己的演艺生涯画个休止符，把美好的印象留在众人心中。然后他们不再登台，甚至不再露面，静静老去，如同落在地面的山茶花。

在矾绢上画了这张《红山茶》，先用淡墨勾出花瓣，以朱砂打底，再用洋红和胭脂一层层晕染出深红色。叶子完全以"没骨法"画成，因为山茶花的叶片很厚，需要用藤黄和花青层层经营。花托和叶片带有木质，除了赭石和墨色，还罩染一层淡淡的石绿，最后以铅白和石黄描绘纠缠的花蕊。

我一边画一边想：当年蒲松龄在太清宫的花园中引起无限绮思的，会不会就是这样的绛雪妹妹！

# 生命中的野姜花

牡丹和姜花是我最爱的两种花，前者是童年时的憧憬，后者是成年时的回忆。憧憬的花，而今已在我的小园中，回忆的花总在我回中国时，插在花瓶里。花落花开最引人遐思，以下这篇文章，就写那遐思的种种。

一

每一次见到姜花，甚至只是经过花店，嗅到那隐隐约约，似有似无的香味，就使他想起童年的河，以及关于姜花的往事。

那时候他才刚上小学，喜欢钓鱼的父亲，总在下班吃完晚饭之后，把他往脚踏车前杠的小藤椅上一放，再将鱼篓子和电石灯夹在后座，然后一手把龙头，一手执钓竿地上路。

　　他们的车子赶在天边最后一抹晚霞消逝之前，穿过东弯西拐的巷弄，再经过一条野草蔓生的小径和竹林。到溪边的时候，月亮常已经隔着烟水，在对面的山头出现了。

　　父亲每次钓鱼都在同一个位置，左边有着向前伸展的土坡，右边是一片浅滩，再过去是较高的河岸，据说鱼儿最喜欢聚集在这种小水湾的位置，尤其是坡下的那片姜花，一直伸展到水里，更是小鱼滋生的好地方。

　　不仅在同一个水湾，父亲甚至连坐的地方都是固定的，原因是左右都有钓友，长期下来，每个人自然而然地找到了定点。不用说，那块石头就必当是某人坐的，即使今天那人缺席，别人也不得侵占，因为谁敢说，那人不会在夜里十二点赶来呢？

　　相信那里的每一个人，都是这样沉迷于钓鱼的，他们彻夜守着钓竿，谈着家乡的往事，即使一条鱼都不上钩，也没有半句怨言。

　　在大人们聊天的时候，他喜欢一个人四处窜，如果有着亮亮的月色，小沙滩是最好的游处。蓝蓝的月光下，可以看见细细的水波，像是姥姥额上的皱纹，一笑一笑地，向着水边拂来；也有些小鱼在浅水处成群地漂游，只要游到某一个角度，由于月色的反光，就如同一串穿了线的银针，在深蓝的水绸上织过。

当然最美的还是钓到大鱼时，看那鱼出水的样子了。每次听到大人们的叫喊，他总是飞奔过去，只见远远钓丝牵处，水面先是有些鼓动，渐渐鼓动向前沸腾，愈发激荡得厉害，突然间"啪"的一响，一尾精雕细打的银鳞，已经跃水而出，四周也仿佛倏地亮了起来。飞溅的水花，四散的波纹，全因这一尾银鳞的飞腾转动而闪闪生辉。或许就是为了这一刻吧！让大人们死心塌地地守着。

有一次父亲在鱼出水时，把钓竿交到他的手上，他紧紧地抓着，从钓丝那头，传来的是无以言喻的震撼，那是他第一次感觉生命的挣扎，如此强烈与悲情，而那掌握另一族类生命的感觉，又有着如此的悸动和狂喜。

父亲每次钓到鱼都放进鱼篓，再将鱼篓半浸在溪水中，寂静的溪边，可以很清楚地听见那鱼挣扎的声音。但是他记得很清楚。有一个从来不带鱼篓的老先生，每次钓到鱼，就去溪边拔一枝姜花，撕下长长的叶片，也不知怎么一搓一绞就成了根绳子，把鱼轻轻松松地穿起来。

这时，他会过去将地上的姜花捡起，探到溪水里，把花瓣上的沙土洗干净，并举得高高地拿回父亲身边坐着。他喜欢看那月光下莹洁的花瓣，袅袅柔柔的三个小膜瓣和中间的三个大瓣，透着月光，变成一种软软透明的淡蓝色。大人们都说他是个爱花的男孩子，他们肆情地笑着，大概是说这样的男孩子将来会很讨女生喜欢，岂知他心里想的却是：这么美、这么香的姜花，为什么却用它的叶子，做那刺穿鱼鳃的狠事呢？

还有一件事，也是他不能了解的，就是用虾子来当鱼饵。大人们总是把电石灯悬在姜花近水的茎上，隔一阵子，拿着小网向水里一抄，往往就能抓到好几只小虾。他们毫不犹豫地用鱼钩穿过虾子的头壳，就在虾子还在奋力挣扎、不断挥动着细小爪子的时候投饵入河。据说这时候因为虾是活的，能引起鱼的注意，所以最容易有大鱼上钩。

每次穿鱼饵的时候，他都会背过脸去，极力不去想这件事情。但是他喜欢蹲在溪边看那电石灯吸引小虾的过程。四周高高的姜花，仿佛成了个小树林，在晚风里叶子摩来摩去，发出沙沙的声响，还有那清芬的花香，使得臭臭的电石味也被掩盖了。他也爱看那姜花宽大的叶子，透着细密的平行脉，有时候叶子破了，卷着，却还是那么美，尤其在灯火的映照下，那绿，竟有些像是梦里的，蒙蒙的，泛着一抹雾白。

通常到十点钟，如果父亲的钓兴仍浓，就会把他叫过去抱在怀里让他先睡。父亲宽阔的胸膛和微微隆起、十分柔软的肚子，以及母亲千叮万嘱带去的小毛毯，虽然在野外，却让他觉得比在家里的床还来得温暖而舒服。他很快就能入梦，但是梦里仍有着大人们不断的讲话声、清脆的鱼铃声、泠泠的溪水和那幽幽的醉人的姜花。

二

第一次在外地看到姜花，是二十六岁那年出差到香港的时候。他采访到一条新闻，赶着送回台北，却在机场里怎么也找不到寄片的地方，碰巧有位空姐迎面过来，便趋前请教。女孩十分热心，亲自带他穿出客运大楼，沿着机场的边道，走向货运的地区。匆匆之中，他突然嗅到一种熟悉的香味，不觉驻了足，女孩诧异地回头看他，他笑了，赶紧跟上去：

"我好像嗅到一股姜花的味道。"

"那有什么稀奇呢？这里多的是，因为机场就建在水边。你

133

知道吗？姜花最喜欢长在水边了。"

她岂晓得，那正是他童年的花。

他顺利地寄出了新闻影片，临别，要了女孩的电话。不过接下来的几天，他都因为采访工作的忙碌而未能拨过去，直到告一段落，才突然想起那女孩说要带他逛逛香港。

当晚突然刮起了狂风，还夹带着豪雨，他依约站在旅馆大厅里等，又猜她八成不可能从九龙赶来，只怕打电话到房间没人接。正焦急，她却出现了，若不是她直直地走过来，他几乎没能认得出。她换掉了空姐圆顶的帽子和制服，全然不一样了，尤其当她穿着一身绿底白花的旗袍，在大厅柔和的灯光下，竟然是一片童年的水湄。

他们在华都酒店的顶楼吃晚餐，临着高大斜角的玻璃窗，窗内是大厅中间的婆娑舞影，外籍女歌星的演唱和桌上平静的烛光；窗外则是呼啸的风雨和香港的万家灯火。

大家都说香港的夜景最美，他想风雨中的应该尤其美，凄迷得有些如梦，那点点灯火对比着风雨，竟有些飘摇乱世而偏安海隅，歌舞升平的感觉。

这不就是真正的香港吗？

| 蜓立姜花 |

姜花那宽大的叶子，透着细密的平行脉，有时候叶子破了，卷着，却还是那么美，尤其在灯火的映照下，那绿，竟有些像是梦里的，蒙蒙的，泛着一抹露白。

如果你盯着远处的高楼看，每一扇小窗中都有着一个故事，倏地几盏灯灭了，几盏灯又在同一时间点亮。当你惊觉到有些灯光消逝时，在那千百扇窗间，已认不出是哪几户人家；而当你意识到有些灯幕地点亮时，又已经无法辨认到底是哪些窗子。于是明明灭灭，每一刻在换，每一刻在变，那高楼总还是亮着，只是后来的，已不是先前的。这正是世间的人海，生生死死！

他突然想起已经死去十六年的父亲。有一夜把他搂在怀里，指着对面河岸钓鱼人的点点灯火，在水里颤颤地拉成一条条小光柱时，所说的话：

"几年来，那灯光似乎没变，实际却可能换了人。有两个钓友，总在那儿下竿，前些时先后死了，但是又有后来的补了他们的位置，于是我们也就当他们还活着。人死了，活的人只当隔了条溪而难得碰面。不就好了吗？"

只是每回父亲在深夜跟钓友小饮几杯驱寒的时候，总不忘记洒些酒在溪里：

"给对面的朋友——先走了的！"

那酒浓醇的香气和姜花，融成一种说不出的味道。

她把酒斟满，轻轻放在他眼前。

　　第二天早上，昨夜的风雨全过了。他们约好去九龙逛逛，经过香港隧道，她突然提议要为他做午饭吃。

　　车子停在一个菜市场的门口，才开车门，他就嗅到一股熟悉的香味，原来是由菜市场里一个卖花的担子传来。成把的姜花啊！高高地插在一个水桶里。对于几乎不曾去过菜市场，也忙得难进一次花店的他，这景象居然有着几分震撼。

　　每一朵都是那么白，那是一种他自小就无法了解的白，他曾经试着把花瓣掐破，看看会不会有白色的乳浆流出来，见到的却是透明的汁液，而那被掐破的花瓣也便顿时失去了清香。然则是什么使它白？又是什么使它香呢？

　　他开始了解，莹洁无损的美好，有时竟然会是一种短暂的、假象的存在。

　　他买了大大一把，卖花的妇人在把花交到他手上时，紧紧地多看了他两眼，似乎不了解这个西装笔挺的年轻人，为什么会买上那么一堆野生的贱花。

　　大概许多人对姜花都有同样的感觉吧！虽然它的花瓣结构像极了兰花，那冷冷的香味又几近于昙花。却只怪它是那么随便，且大片大片地聚生在山边、水湄，既不如兰花的幽奇，又不如昙

野姜花既不如兰花的幽奇，
又不如昙花的惊心。
它是那么随便，
大片大片地聚生在山边、水湄。

姜花溪畔

花的惊心。

如此，也就怪不得没有人把它移回窗前供养，或彻夜守着花开了。

当他抱着花转过身，正见女孩汗淋淋地跑回来，手里提着大包小包的菜，才惊觉到，自己为了那花，竟然忘记她的存在。

他们走出菜市场，看见不远处聚着一群人，原来中间正有个走江湖的耍猴戏，那人拿着小锣敲敲打打，间带着吆喝，猴子居然十分人模人样地应着节拍，做出许多滑稽的动作。

"看那猴子多听话！"他说。

"我看不见得，否则也就用不着拴着绳子了，还不是怕猴子跑掉。"

这时他才注意到，果然那猴子的脖子上套了根细绳，虽然不断地耍把戏，绳子的一端却总拉在戏猴者的手里。

戏猴的已经白了头发，满脸深深的皱纹，拉着沙哑干破的嗓子，一脸跑江湖的风霜相。只是，在香港，哪里有江？哪里有湖？就算跑，又跑得了多远呢？

突然，那老头把手上的锣交到了猴子的手中，猴子立时蹲坐下，居然神气活现地敲打了起来，换成那老人绕场学着猴子原先的模样，又蹦又跳地打转。

四周响起如雷的掌声和哄笑。

他却愣愣地，想那戏猴者与猴子之间的绳子——到底是谁在牵呢？就像父亲钓起的鱼，人在钓丝的这一头，鱼在钓丝的那一端，彼此都在挣扎。

自从父亲死后，母亲把渔具全送了人，九岁的他吵着要留下那箱鲜丽羽毛制成的假鱼饵，却换来狠狠的一下：

"你老子就是钓鱼钓死的，整夜坐在那么潮湿的水边，怎么能不生直肠癌？"

从此，他便不曾再去父亲钓鱼的水滨，只是此刻隔着胸前抱着的姜花，那拴猴的绳子，竟幻化成父亲的钓丝。

看完猴戏，竟然已经快一点钟，怎么也招不到一辆出租车，大概此刻司机全去吃午饭了。

他们沿街朝着女孩的住处走。他突然有些饥肠辘辘，才想起早上匆匆出门，居然忘了吃早饭。抬头正看见一间饭馆，想回家还有一大段路，烹调也要费时，便建议在外面吃了，买的菜留待晚上。

他们在餐馆的一角坐下，把姜花放在靠墙的空椅子上，女孩则将提着的菜搁在脚边。姜花的香气随着店里的风扇，迅速地泛滥出去，引来许多好奇的目光，使他竟然有些腼腆不安，而下意识地挪挪椅子，突然脚下的塑胶袋里传来一阵"稀里哗啦"的水声和震动。

"那是我在菜市场买的活鱼，打算做给你吃的，我的红烧鱼做得很棒呢！"女孩兴奋地说。

他没有听见，只低头看见那绿底白花的旗袍和椅背上靠着的姜花。这九龙的街头，竟幻成了他童年的那条河，而河里有鱼，水湄有花。


三


离别后，他们仍然保持联系了一阵子，当女孩飞到台北的时候，他常去机场接她，由民权东路到圆山，再沿着新店溪的北侧溜达。

那时新店溪已经污染得很厉害，由于缺氧，据说水里的鱼全死了，至于十几年前常见的钓客，如果仍然健在而兴趣未减，只怕也都移去了人工的钓鱼池。

令人诧异的是在那污水之滨，居然偶尔还会传来几沁姜花的幽香。循着香味找去，仍能看见成簇的姜花。

"这就是姜花的可贵处吧！工业污染的水，连荷花都难以生存，姜花居然仍旧茂盛，而香味依然，更称得上出淤泥而不染了。"

"为什么不说这正是它微贱的地方，不择时、不择地地开，岂像兰花，不是选择人迹罕至的幽谷，就是需要人们悉心的照顾。当然也亏它是姜花，所以连摘的人都少，任它滋生，才能维持到今天。"

碰到姜花簇生的地方，他常要求一块儿坐下，迎着带有花香的清风，看那粼粼的河面。没有摆渡，也不见了竹林，代以两侧的高楼夹挂着杂乱的各色招牌。岸上的车子排队喷着黑烟，头顶上更不时有飞机低低地掠过。

对于每一架客机的起落，女孩出奇地关切，虽然此时她在地上，但是远处每架飞机的爬升，与降落时机身的弹动，都是她注意的焦点。似乎她的心能随着飞机的升空而飞起，又随着飞机的降落而降落。

"因为你不是我，你没有职业的疲劳，也没有因为了解而生的恐惧。但你岂知，在飞机上做久了，出了几次事，虽然有惊无险，每当我看到飞机起飞，即使自己不在上面，精神也会跟着紧张；看到它们平安落地，便跟着放松。每次出勤前，不论在九龙或台北，我都把床铺书案整理好，信看完一定撕毁，没有一样见不得人的东西，也没有半篇日记；我对着屋子说声再见，头也不回地去机场。因为谁也不能担保，一定能回得来。"

她突然脱下一只鞋，举到他的面前，那鞋底和鞋跟之间的位置，居然写着好多数字。

"重要朋友的电话全记在这儿，何必留在电话旁呢？人离开家，家也就跟着走了。这双鞋穿旧了，再换双新的，并把当时仍然认同的朋友的电话转记上去。左脚是迪拜、台北，右脚是东京、香港，如同踏上飞机和走下飞机，所以你不要送花给我，刚插上，就接着要出勤了，关上房门，有谁来管这些花呢？"

他哑然了。

"你知道，我们初识时你送的那一大把姜花，后来怎么样了吗？当我出勤回到九龙，不过几天的工夫，它们居然全干缩了。

尤其可怕的是，当我把花从瓶里拔出来，那瓶里的水，竟然出奇地臭，比阴沟水还难闻哪！"

他震惊了，不敢相信自己的耳朵。那二十多年来，在他记忆中总是无比幽香的姜花，那水湄的隐士、凌波的仙子，怎么可能不但失去了香气，而且那么易于腐烂呢？

他们很快地分了手，因为他不喜欢她总是抬头看飞机出神的样子，更因为她侮辱了他童年的花。那是圣洁而不可侵犯的，尽管是事实，但他拒绝接受。

## 四

后来他出了国，虽然在大学里教花卉写生的课程，却从来不曾描绘过姜花。不是他不愿意，而是因为在美国找不到这种花；至于记忆中的太过美好的东西，就容易模糊而不真切了，因为真切的东西是很难反省其美的。

于是尽管他时常想，也总梦见姜花，梦见满山遍野的姜花，却始终不曾动手画过。

---

直到有一年春天，在中国同事过的连重信，请他到家里吃饭，并引至后院，指着初发的葡萄藤，说要请他夏暮来品尝，才勾起他的想法：

"你有这么大的院子，何不种点花呢？譬如姜花，在美国见不到的。"

连十分地同意。

不过三个礼拜之后，他突然接到消息。连竟然已经离开了人世，就在他买下长岛一间汽车旅馆签字的当天，他被一辆车擦撞到，原本以为没事，回家后呕吐，送医不久就死了。

他去参加了丧礼，不过三十六岁的连，安静地躺在白菊环绕的棺椁里，一个女子坐在角落不断啜泣，使他想起父亲初逝的几年，每次母亲带他到六张犁上坟，总是掩面抽搐的景象。坟前左右的瓶里常插着姜花，因为花是白的，素素净净，适于悼亡。而那姜花的香气、母亲呜呜的哭声、山道边行人好奇的眼光和炙热的太阳，与他水湄的记忆，是那么不协调。

## 五

连死去那年的夏天，他自己也买了房子，但是后院被开成与邻居共有的车道，所剩无几的地方，更长满了杂树。他曾经试着整些隙地，却发现树根很难清理，加上学业的忙碌，便搁置了下来。

一年之后，以前的同事陈英吏也到了纽约，并暂住在他家。有一次闲谈，他提到对姜花的喜爱，英吏似乎也有同感，当晚两人就决定，合力把屋后那块空地开了，种几颗姜头下去，看它会不会长，能不能开花，又会不会开出他们故乡的那种白白香香的姜花。

第二天一大早，他们就开始动手，原有的铲子显然无法对付盘根错节的杂树，只好又出去买了一把短柄的锄头。

英吏是农家出身，每一锄头都是那么利落，像有用不完的精力。他们沿着树的边缘将土挖松，两人前后合力地摇撼，终于使那块从来不曾爽朗过的院子，有了坦坦荡荡的面目。

"何不学邻居一样，种成草坪。"他的妻看着整平的土地说，"将来也好整理。"但是他坚持要种花，不顾家人反对，径自去厨房翻柜子，拿走了全部的姜。

当天晚上的菜里没有半片姜，但是在他的心里已经开了一大丛姜花。

英吏在纽约工作了一小段时间就转去了洛杉矶，只身在美国，又知道他晚睡，所以常在三更半夜打电话。为了一边作画，一边跟英吏聊天，他甚至特别装置了扩音的电话机。而每次工作到深夜，只要电话铃响，他就能猜到是那个农家长大、童年里也有姜花的老友。

"姜花还好吧？发芽了没有？不会装蒜吧？"英吏喜欢用惯有的拉着长长调子、半开玩笑的语气问。

"刚发芽！是姜花叶的样子呢！长长的、有平行脉和叶鞘。"他大声回答。

或许这小小的两棵姜花，也能略释英吏的乡情吧？或许在他的童年里也有那么一条小溪、长长的田埂和成片的姜花，在山之洼、在水之滨。

"为什么还不把家接来呢？"他常问英吏。

"接来怎么过？总要等一切都安顿了，不能让孩子受苦啊。我们来好比插枝，活不活全看造化，反正被切断、离开了主茎。老婆来，人生地不熟，也算是插枝，但总要等我这先插的枝发了根，才保险些。至于孩子，就该像播种了，先为他们松了土，再下种子，让他们慢慢地、深深地扎根，在这肥沃的异国土地上，长成又粗又壮的大树。"

问题是在家乡满山遍野，随处都能盛开的姜花，为什么在这儿就是见不到呢？是土不适合？温度不对？还是少了那份亚热带海岛潮湿的空气？

或许它们虽然平凡、微贱，却坚持守着自己的土地吧！

终于在感恩节前不久，接到英吏的电话，说是妻子带着两个孩子年底就要来了；太太已经辞去多年的教职，孩子也兴奋地准备来迪士尼过圣诞节。

"我们的战场，他们的天空！"英吏兴奋地说。

那是他们最后一次聊天。不过两个礼拜之后，突然接到以前同事打来的电话：

"听说英吏出了车祸，未到医院就死了。"

他不相信！立刻拨电话到英吏家，没人接，再打给英吏的朋友，终于证实了这个噩耗。

英吏是在与一个朋友到大峡谷去的时候出的事，虽然仍是秋天，那里已经开始飘雪，当时由朋友开车，英吏坐在副驾驶座，在转弯时被迎面一辆疾驶而滑离道路的车子撞上。对方的人当场全死了，英吏的朋友也受了重伤。在救护人员把英吏从车子的残骸里拖出来时，英吏不停地说："救救我！救救我！"但是没等到医院，就断了气。

他哭了！已经近三十五岁，自从九岁父亲过世，已不曾再为什么落泪的他，却在深夜入浴时，坐在浴缸里，忍不住地哭了！积压的泪水如溃了的堤，突然爆发出来，点点滴滴地落在水里。他抽搐起伏的胸腹，更使浴缸里的水被激荡了，模糊的泪眼中，那荡漾闪烁的水，拍打缸边的浪，和撕碎了的光光点点，仿佛正是儿时记忆中那鱼被钓离水面之前的鼓动。生命的挣扎啊！他发现他愈止不住地啜泣了，哭着，哭着，竟忘记是为谁而哭，为死去的连？英吏？为逝去的父亲？抑或是为他自己？

## 六

次年夏天，离乡五年的他，第一次返回家乡。走出桃园机场，他对司机说自己家所在大楼的名字，对方居然茫无所知，直到车子开上新生北路的高架桥，才发现四面望去，已经是一片成林的高楼。

当他离开时，忠孝东路四段仍有许多空地。他常从自家阳台，看隔邻空地上的菜圃。据说那是一块祠庙的产业，祠庙里的子嗣很多，年轻人急着卖掉，老一辈坚决不答应，难获协议，所以迟迟未建。

但是而今，推开窗，已经难得见到太阳，倒是由大楼对面美姿补习班的窗间，可以看到不少年轻女孩，挺着身子走来走去。至于原来对着菜圃的安全门，则变成一家观光理发厅的入口，五六个红白相间的标识，不断旋转。

妙的是，有一天他坐出租车回家，虽然已经事先讲了地址，司机居然把车停在离延吉街不远的另一栋大楼门口。

"我以为您是要到地下舞厅呢！"司机知道弄错地方，连番道歉。

但是他并没有让车继续开，而是将错就错地下来，沿着忠孝东路，转入过去满是豆浆店的延吉街。现在那里也全建高楼了，倒是远处通过的一列火车，使他想起以前牵着稚子，站在忠孝东路上看火车的情景，便加快脚步向平交道走去。

　　突然，他的脚步停顿了，人被雕塑了，仿佛受催眠般，直直地走向铁道的右侧，在那里居然还有一大排低矮的房子，像是临时搭建的，垂着塑胶布帘，而就在那帘子之间，竟然飘出一种令他着魔的芬芳，那是他日夜想望的、如痴如醉的姜花啊！

　　他兴奋地絮絮叨叨，跟小店老板娘讲述对姜花的喜爱，以及自己试着种，却才发芽就被雪冻死的往事。

　　老板娘面无表情地打断他的话：

　　"你要几枝？一枝十块钱！"

　　"给我十枝，正好一百块！"他几乎带着感激的语调说。

　　可是当老板娘把花由水桶里拿起时，他才发现每一枝花茎只有最靠花的两片叶子，下面的全被剪去，即使那仅剩的两片，也被剪掉了叶尖。

　　"买花买花，要叶子干什么？"老板娘没好气地说。

　　"你能不能特别留下些不剪叶子的，因为我喜欢，而且我要画。"他请求，"今天我还是买五枝，但是明天订十枝，要带叶子的。"

　　"已经包好了，十枝不能再改为五枝，少算你一点，七十块了！"老板娘居然三两下把花捆好，塞到他手上，顺势抢去了他的百元票子。

他照样接了下来，等着找钱。

"你还站着等什么呢？花给你了啊！"老板娘又回头白了他一眼。

"不是该找三十块钱吗？"

"算是押金，先扣了，明天来拿，不来就没了！"

他一怔，想想自己跑了十年的新闻，以雄奇矫健和词锋锐利著称，而今居然吃了这个卖花的妇人的亏。

但是他跟着笑了，笑得很傻，也笑得有些醉，说了声谢谢，还躬身行个礼，反而使那妇人迷惑了起来。

她岂知道，那平凡微贱的白花，曾经多少度占据这个少年的梦，而那梦里有笑、有泪、有爱。正如他此刻抱着一束姜花，弯身拨开前门的塑胶布帘，帘上蓝白的条纹，在晚风中摇摇荡荡，早已化作了他童年的水湄。

而那水中有鱼，溪畔有花，成林的幽幽的姜花！

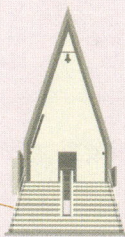

第五章

# 无限江山

## 画我秋天的窗

深秋了，树林每天变个样子。

秋天不像春天，霜叶不像春花。春花是次第绽放的，番红、辛夷、樱桃、牡丹、杜鹃，她们一个接一个，让春天总不寂寞。

秋天就不同了，"昨夜西风凋碧树"，能够在一夜之间换装。最耀眼的是卫矛、五倍子和地锦，前两者是灌木，能够让整座山头红似火。地锦是藤蔓，原本缠在树干上，跟常春藤没什么差别，但是晚秋就不同了，叶片可以瞬间变成厚重的朱砂色，夹在深绿的常春藤间，显得格外夺目。

日本丹枫也是一绝，除了会变红外，还因为树枝横向伸展，小而"深裂"的掌状叶，跟大叶的枫香比起来，同样是红，但是增添许多掩映的美。如果再逢一场早来的湿雪，白雪挂在红叶间，就更令人惊艳了。

红叶往往会转黄，带来另一种滋味。最爱唐代司空曙的"雨

156

中黄叶树，灯下白头人"。秋天的黄叶原本有些干枯，受到雨水的滋润，加上叶面的反光，就恢复了精神。树干受到雨水的浸湿，由原本的灰赭变成深黑，更有了加强的效果。一片秋林，望过去，深黑色的树干和枝条，点缀着一簇簇杏黄、柠檬黄和朱砂红，不但有深浅错落的变化，而且能够"推拉"出景深。如果再挂上几片地锦，掺上几枝丹枫，既有"补色"的加强，又有"明度"的对比，美极了！

　　我的客厅有十二扇窗，缺点是冬天挡不住外面的寒意，优点是既能采光又能采景。每天坐在窗前，仿佛面对十二张画。尤其秋天，画面不但每日变，而且时时变。高大的槐树，从上面不断落下小小的叶子，常让我误以为坠了"鹅毛雪"。刮风的时候更有意思，只见树林中，一阵一阵，各色的树叶拉帮结伙地飞出密林，飘落湖中。湖里的鱼以为落叶是食物，会不断冲向水面，甚至跳跃出来，溅起水花，发出啪啦啪啦的声响。

　　风中的柳树也美，小时候读杜甫的诗："狂风挽断最长条。"想不透柳条那么柔韧，怎会被狂风吹断？现在面对湖边的两棵柳树就懂了，只见风一来，柳条牵扯向一侧，长长的枝条加上细长的柳叶，很容易就纠缠在一起，瞬间的狂风如同用力梳理打结的长发，柳条能被硬生生地折断，直飞几十米，砸上我的玻璃窗。

春天的林子是由透明变得不透明，秋天的林子恰恰相反。在落叶的过程中，因为叶子的多少，也有许多变化。譬如黄叶，密实是一种美，疏宕是一种美。当枝梢剩下的黄叶不多，因为更透光，那黄就变得格外明亮。

看落叶纷纷，觉得每一片都是对岁月的喟叹，繁华的季节到了尾声，所有的绚烂都将消散，留下的是干枯的躯干与白发。病酒悲秋不等于葬花伤逝，看秋叶不同于看春花，因为春天一日日变暖，许多花朵还没凋，绿叶已经登场，接下来是浓郁的季节。秋天却是一番雨，一番凉！只会落，不能生！眼看透支透支，终于两手空空。

舍不得窗外的美景，我把画具从书房搬到客厅，用茶几当画桌，打开册页写生。

虽然是画窗外的景色，但更要画出窗内的心情。所以我连窗棂和盆栽也一并画进去。临窗的白鹤芋、君子兰、七里香，高高伸到天花板的琴叶榕和橡胶树，都用水墨双勾。至于墙壁，因为跟窗外对比显得暗，所以染黑。而且为了突显外面的景物，窗内的盆栽全不着彩。

　　我先用水墨画出林中的树干，在浓墨笔触间添加绿色的常春藤和深红的地锦。右边窗外是卫矛，刚动笔的时候还像个红红的大花圈，不过两天，红叶已经落了大半。

　　上面高高的是槐树，左边艳黄的是槭树和梧桐，近景有阳台上的栏杆和院子里的草地。远景的湖岸隐隐约约，还带着一些波纹倒影。正要搁笔，突然传来一阵喧哗，原来是迁徙的雁群。它们从加拿大那边飞来，只在湖上待几天，又会往南迁徙。

　　于是又加上几只雁影。

　　一边画，一边听那雁唳，啊啊啊啊啊啊啊啊！几十只大雁掠过树梢，一边降落一边齐唱……

窗前写生

看落叶纷纷，觉得每一片都是对岁月的喟叹。
病酒悲秋不等于葬花伤逝。
秋天是一番雨，一番凉！只会落，不能生！
眼看透支透支，终于两手空空。

## 亚得里亚海的美丽与哀愁

十月初，虽然距离我做完腰椎手术只有两个月，但是因为去年已经报名参加了克罗地亚和斯洛文尼亚的旅行团，我还是鼓足勇气去了欧洲。

与往年不同的是这次有小帆同行，由她替代我扶持眼睛不好的妈妈，让我能放心地行走和写生。

第一站是杜布罗夫尼克（Dubrovnik）古城，因为电视剧《权力的游戏》就是在这儿拍的，好多游客都带着激动的心情。小帆也看了这个电视剧，兴奋地指着四处说剧里的情节，还扶着妈妈到城墙上绕了一大圈。

我不敢多爬台阶，就坐在城外餐厅的阳台上写生。下午的阳光很亮，远处的海是深蓝的，临港的水是翠绿的，餐馆服务生已经开始布置晚餐的座位，还得意地对我说前几年教宗来，就在这里用餐。

　　只是我一边画一边想，这么美的风景、这么美的城堡，下面埋藏着多少战争、多少悲剧？

　　人们是善于遗忘的，如同伊朗名导演阿巴斯的《生生长流》（And Life Goes on），大地震才过，许多尸骨还埋在颓圮的砖瓦中，人们已经忙不迭地架起天线看世界足球大赛的转播。哪阵凯旋的花雨，不是落在刚刚擦干血泪的地上？哪个城堡的射击孔，不是子弹弓箭和生死交会的地方？就在距离这里不足一百米的墙上，我还看到密密麻麻的弹孔。当年的战争死了十几万人，教宗来，能说什么？千百年来，多少杀人盈野的战争，不是打着宗教的旗子？误尽苍生的，又有几个不是因为权力之争？

　　于是写了下面这篇带有反讽与喟叹的短文：

　　巴尔干半岛！欧洲的火药库！却有着出奇地宁静与悠闲。不知是否因为战争夺走了太多性命，人少了，所以宁静。但是就在不久之前的战争时期，人口也不多啊！只怪这里是一个半岛，两种文字，三种语言，四种宗教，五个民族，六个国家，七个邻国，八个行政区，多元带来多变，也带来纷争，甚至屠杀。

杜布罗夫尼克古城

亚得里亚海是湛蓝的,
杜布罗夫尼克的古城是灰色的,
橄榄园和无花果是绿色的,
滨海山坡的建筑是红色的。
古老的战场……人间的天堂……

罗马人来过又走了，希腊人来过又走了，德国奥地利法西斯都来过也走了，留下高高的柱子、圆圆的拱门、尖顶的教堂、悠扬的钟声，烧成漆黑的溶洞和子弹呼啸的回忆。

亚得里亚海是湛蓝的，杜布罗夫尼克的古城是灰色的，橄榄园和无花果是绿色的，滨海山坡的建筑是红色的。

秋日阳光洒在古老建筑的大理石白墙上，密密麻麻的弹孔成为美丽的浮雕；多孔的"石灰华"台阶最能涵纳，昨天的鲜血早被收藏。海上的游艇拉出白色的缎带，沙滩上的天体营闪着油亮的肉光。坦荡的人们、无私的大地，天地有情，天地不仁，天何言哉……

渐渐地，湖上的烟雾起了，山上的堡垒成为海市蜃楼；码头的灯火亮了，幢幢人影寻他千百度。月亮已经升起，海浪拍打着岸边的渔船，多么祥和啊！欧洲的火药库！古老的战场……人间的天堂……

# 布莱德湖上的钟声

斯洛文尼亚的布莱德湖（Bled Lake）美得像童话故事。

清晨教堂的钟声把我唤醒，我推开窗，只见湖上一片迷雾，左侧风来，淡烟向右移动，对岸山巅的布莱德古堡，好像海市蜃楼，浮在云雾之上。天是钧瓷的淡蓝，犹未散尽的水汽，则为这抹蓝加上含蓄的"包浆"。湖面渐渐呈现了！尖顶的教堂，在深绿的环湖森林的衬托下，显得格外明亮。

布莱德湖比中国台湾的日月潭小些，清澈的湖水据说来自阿尔卑斯山。左边湖上有个小岛，上面有座古老的教堂，金碧辉煌的大殿中心，从高大屋顶上垂下一根粗粗的绳子，好多人坐在教堂礼拜的长椅上，不是祷告，也非崇拜，而是等着去拉那根绳子。每个人拉绳子之前，倒是先在胸前画十字，对着"祈愿钟"许愿。

我对敲钟很有经验，别人费半天劲才能敲响，我轻轻一拉，就传来叮当叮当的钟声。那是因为我以前念台湾师范大学的时候，

| 布莱德湖之晨 |

湖上一片迷雾，左侧风来，
淡烟向右移动，对岸山巅的布莱德古堡，
好像海市蜃楼，浮在云雾之上。

在第一进大楼的楼梯旁，就有这么一根绳子，有个学校的工友会按时敲钟。我总看他拉绳的样子，好奇地问他难不难？他说不简单，因为得让原先垂着的大钟摆动，那是股巧劲，用岔了，就算敲响，节奏也不稳。我要求试试看，工友拒绝。后来我又要求跟他一起拉绳子感觉感觉。工友总算答应了。一次一次，渐渐地，他可以不再使力，完全由我掌控。我说："哪天你没空，我可以代班。"

果然，有一天他下午有事，我没课，他真交给我了。一共五次，前四次我打得很棒，半分钟不差。至于最后一次，我事先跟女朋友说："今天让你提早十分钟下课！"

我办到了，只是从那天以后，我没再敲过钟。

直到今天，在布莱德湖的湖心教堂，显然我半个世纪前的技术没忘。我兴奋极了！跳跃出教堂，除了我太太外，没人知道为什么。


后记：

知道我为什么后来再也没敲钟了吗？

因为当天提早十分钟，很多教授骂，尤其是正在考试的班级，全乱了！第二天教务长把工友叫去，工友还不知道怎么回事，当场露出吃惊又懊恼的表情（懊恼一定是在心里暗骂我给他惹了麻烦）。教务长看他的表情，显然连早打了十分钟都不知道，骂一句"你老糊涂！"就算了。

工友接着找我，我也做成大吃一惊的样子，工友骂："以后不让你敲钟了！你害我背了黑锅！"

前两年我还回母校去看，敲钟的绳子不见了，原先从楼顶垂绳子下来的洞还在。昨天有博友留言告诉我，一九八二年，钟坏了，校友捐赠了新的铜钟，但是没用多久，又改成电子钟。

我的第一反应是：那个破掉的老钟呢？应该像美国费城的"自由钟"，供起来啊！

# 勿忘此园

  至善园在台北故宫博物院的东边，入口朝南，门楼是明清样式，雕工十分讲究，卷棚悬山顶，屋檐下隐藏着镂空雕刻的梅兰竹菊和"至善园"的浮雕。门上的匾额，墨书"至善园"三个劲挺的楷书大字。两扇实木门挂着"铜铺"狮环，门前两对"狮子抱鼓石"，都是用观音山的石材雕刻。狮子是看门的，石鼓是发声的，加在一起有守护和警戒的意思。屋檐下最吸睛的是两根精雕的"垂花"。上方刻牡丹，四边挂流苏，底部为莲花，中间镂空成灯笼的样子。

  门右有一块黑白"云纹"的石灰岩，上刻"海岳甲观"四个字，意思是园内有四海五岳甲天下的景观。石后有墨竹、朱蕉、黄杨及桂花，临街一棵树皮苍老斑驳，枝条依然劲拔的老梅。门边围墙上挖了四个"漏窗"，每个造型不同，有"寿"形的、"花"形的与"书"形的，在白色围墙上造成通透的变化。围墙左侧三

至善園正門寫生

門上的匾额，墨书"至善园"三个劲挺的楷书大字。
两扇实木门挂着"铜铺"狮环，
门前两对"狮子抱鼓石"，都是用观音山的石材雕刻。

棵"大王椰子"，夹着两棵梅花，树下摆着"绿玉大理石"的桌凳，许多游客坐在这儿等车。

## 回廊水榭

入门为长廊，左右两侧高起的小丘上盘踞着参天的老榕树，许多粗壮的气根插入地面，围绕着中间的主干，仿佛众星拱月。上面枝叶繁茂，浓荫蔽天，远看长廊的尽头又豁然开朗，使人如入桃花源。

长廊右侧有小溪奔流，由于天光微弱，湍流对比得愈发闪亮，加上两边山丘高起，水声在中间回荡，令人有"泉声咽危石，日色冷青松"之感。

水榭及长廊都是含蓄的卷棚灰瓦，圆形的"瓦当"及三角形的"滴水"，从一九八五年建园至今，已经长满青苔，在摇曳的树影下泛着绿丝绒的光芒。

水榭有两座，都架在流泉之上，第一道水榭的小木匾上刻着王宠草书"濯洁"二字，应该出自韩愈的"濯清泉以自洁"。廊

俯视流泉层叠，仰听林梢鸟啭，
确实有忘却尘嚣、洗心濯洁的效果。

| 至善园入口回廊 |

内有微微弯曲，合乎人体工学的"美人靠"，非常适合凭栏。俯视流泉层叠，仰听林梢鸟啭，确实有忘却尘嚣、洗心濯洁的效果。

## 洗笔池

第二进水榭因为里面有白色石桥，称得上"廊桥"，一侧是宁静的"洗笔池"，一侧是奔流的泉水。原本宁静的湖水，从廊桥下流过，立刻坠落，成为"声喧乱石"的小湍。

"洗笔池"是圆形的，大概因为面积不大，池水的颜色较深，所以取东汉张芝"临池作书，洗笔池中，池水尽墨"的故事来命名。匾额上写着"鱼乐"二字，旁边设有卖鱼饲料的机器，常见人站在桥上喂鱼，近百条锦鲤争食，红黄蓝白黑五彩斑斓，让深色的湖水突然变得灵活跳脱，大人笑，小孩叫，真是人与鱼同乐！

园中的三个池塘，都有给鱼供氧气的喷泉和让天鹅栖息的鸟舍，为了对赠送锦鲤的协会表示谢意，池边还勒石记载。可惜而今不见天鹅，只有几只鸭子。

## 龙池

"洗笔池"的上游，经过一座拱形石桥与"龙池"相连。池中小岛上有龙形石雕，四周被蕨类植物环绕，略见龙身和龙尾，只有龙首昂然，喷出一道清泉，激起水花和涟漪。

由前面水榭延伸过来的回廊，绕过种满青松偃柏、茶梅山苏和堆满太湖石的土丘，到龙池左侧的小水榭。匾额上写着"鹅湖"二字，表示建园之初就有养鹅的规划。水榭前后也有"美人靠"，供游客凭栏赏景。后方地势高起，有参天的黑板树、茄苳树、杜鹃、梅花和一排浓密的龙柏，隔绝了外面的世界。

龙池边也花木扶疏，芭蕉、垂柳、九重葛、棕竹、天门冬和龙船花错落。还有一棵年老斑驳的绯樱，居然从腐朽的树干间再发新枝，早春绽放。

| 龙池 |

池中小岛上有龙形石雕，
四周被蕨类植物环绕，略见龙身和龙尾，
只有龙首昂然，喷出一道清泉，激起水花和涟漪。

## 松风阁

龙池正后方有一幢高大的卷棚、重檐、歇山顶建筑,是宽五间,深三间的"松风阁"。阁前种满红白梅和龙柏,早春梅花盛放时,在深绿色松柏的衬托下,白梅显得格外鲜明。

松风阁不但是全园最高的建筑,而且位于中央山坡上,登楼俯瞰,全园景物尽收眼底。

阁内一楼有千年古树根切成的桌子,周围安置七个座凳。另一侧的巨碑上刻黄庭坚的名作《松风阁》。

依山筑阁见平川,夜阑箕斗插屋椽,我来名之意适然。老松魁梧数百年……力贫买酒醉此筵。夜雨鸣廊到晓悬……东坡道人已沉泉,张侯何时到眼前……安得此身脱拘挛?舟载诸友长周旋。

这是黄庭坚的代表作,原作就在后面的台北故宫博物院。至善园显然下了功夫,黑色带"歙砚"流水花纹的石材非常细腻,雕工也好,表现了黄庭坚如"长年荡桨"的用笔神韵。

二楼尤为精美,雕花"挂落"除了格子还有云龙纹的装饰,栏杆和栏板上刻"瓶花"和"双龙抱珠"的浮雕。中间有铺了红地毯的台子，上面摆设长几，几上有古琴及经书一函。

台后有六扇木屏风，选刻宋代书画大家米芾的《蜀素帖》的最后一首《重九会郡楼》，大意是讲重阳节，米芾与江苏吴兴的文人在郡楼雅集，回忆起晋代的风流人物谢安和杜预，"独把秋英缘底事，老来情味向诗偏"，很有伤逝怀古的意思。

屏风左右的柱子上挂着明代祝枝山"竹月漫当局，松风时在弦"的楹联。正好松风阁旁有佛肚竹、墨竹、棕竹，后面有罗汉松和南洋杉，加上古琴和宋明建筑，契合了"松风阁"的名称。

## 碧桥西水榭

龙池右侧，隔着一块长长的绿地，有六曲石桥通往一座卷棚歇山顶，面五间、深三间的高大建筑。其中除了摆设多组以树根巧雕的桌凳，高高的柱子上并有董其昌题的"绿天胜有书经叶，碧涧疏为洗砚潭"和徐渭写的"隔岸垂杨笑语，溪荷映水彩妆"。建筑取名"碧桥西水榭"，令人想起台北故宫博物院收藏的名作——宋代吴琚的《行书蔡襄七言绝句》："桥畔垂杨下碧溪，

阁前种满红白梅和龙柏，
早春梅花盛放时，在深绿色松柏的衬托下，
白梅显得格外鲜明。

| 松风阁 |

君家元在北桥西。"

这座三面临水而且连接曲桥的水榭,因为高大宽敞,位置又好,是游客最爱聚集的地方。晴朗的日子,许多人坐在宽阔的围栏上,把脚垂向湖面聊天喂鱼晒太阳;下雨的日子,坐在古木雕成的桌椅上,远看雾失楼台的台北故宫博物院,近看凄迷的湖水,静听湖畔的雨打芭蕉,也别有一番滋味。

碧桥西水榭的大门外有六米多高的太湖石,旁边的石碑上写着"坐看云起时"五个大字,或许是鼓励游客往园子更深的地方"行到水穷"吧!

才走几步,突然感觉香气熏人,原来路边种了一排四季绽放的桂花。依照中国造园的理论,桂花最好种植在四周封闭的小院,使得花香集中。这里一面临湖,居然花香馥郁,应该跟另一侧高大的山丘作为屏障有关。

山丘由巨石堆积而成,左右有几棵老榕树,其中一棵树干中空成为山洞的样子,宽大得足够坐禅。山丘后方有五棵三十多米高的蒲葵和一棵老梅,山坡上种满沿阶草和鹅掌藤,还有带贝壳化石的奇岩,挂着山苏与苔藓。

复前行,石砖步道的左侧为小溪,溯流而上又见一座山丘,

| 碧桥西水榭 |

晴朗的日子，许多人坐在宽阔的围栏上，把脚垂向湖面聊天喂鱼晒太阳；
下雨的日子，坐在古木雕成的桌椅上，
远看雾失楼台的台北故宫博物院，近看凄迷的湖水，
静听湖畔的雨打芭蕉，也别有一番滋味。

中间有棵宽几十米、气根垂如帘的大榕树，小溪的水就从树下流出，在错落的岩石间飞漱。沿溪可见梅、万寿竹、木棉、流苏、含笑、山苏、棕竹、枫香、月橘和罗汉松，浓荫下有绿玉大理石的桌椅，附近走道也以绿色和白色大理石铺成。小径在这儿回转，来到小溪的另一侧，石头上刻"笼鹅"二字，旁边果然有个铁笼，里面有三只栩栩如生的白鹅石雕。

## 兰亭

接着来到八角攒尖顶的"兰亭"，亭内有圆桌鼓凳，桌上立着仿汉代的"朱雀铜灯"，亭柱上有集王羲之字的楹联："此地有崇山峻岭茂林修竹，是能读三坟五典八索九丘。"溪边巨石上刻"流觞曲水"四个大字。还有一个瓦顶的石牌坊，刻的是王羲之的《兰亭集序》。

小溪从左边高处流下，在乱石间喧闹，到平缓处宁静，层层相叠、蜿蜒变化。据说早年台北故宫博物院曾邀诗人雅集，模仿魏晋名士"曲水流觞"。酒杯从上游漂浮而下，到谁面前谁就要作诗，如诗不成，只得罚酒。


## 换鹅造像


　　沿曲水下行，来到"松风阁"和"兰亭"之间的"换鹅造像"，铸的是执卷的文人带着背琴小童，正跟一位老者谈话。老者脚边有三只大鹅，竹笼内有七只小鹅。

　　造像旁有台北故宫博物院前院长秦孝仪在一九九二年立的高大石碑《王右军书换笼鹅造像记》，写的是爱鹅的王羲之如何以他所写的《道德经》，交换山阴道士养的鹅。

　　一九八三年，秦孝仪任台北故宫博物院院长之后，看见外面一片荒草觉得实在可惜，又觉得应该有阴柔的庭院与台北故宫博物院的阳刚相配，于是取杭州"三潭映月"的灵感，再参考院藏的宋明建筑图纸开始造园。

　　这里的石材选自花莲，木料取材于一千五百米以上的高山，连垃圾桶都铸成古典"投壶"的样式。梁柱斗拱、栏杆挂落，用精工榫卯，不着一漆一钉，维持云杉的原色。正因此，这里历经

兰亭曲水

兰亭曲水，所以流觞。此产室小故宫，至善园之兰亭。丁酉冬写生。刘甬

小溪从左边高处流下，
在乱石间喧闹，到平缓处宁静，层层相叠，
蜿蜒变化。

| 换鹅造像 |

执卷的文人带着背琴小童，正跟一位老者谈话。
老者脚边有三只大鹅，竹笼内有七只小鹅。

三十六年的台风地震，不但完好如初，更增添了古朴。

占地约两万平方米的至善园，虽然不及苏州"拙政园"的广大，也没有"网师园"的曲折，但是另有一种"简俊莹洁，疏豁虚明"之美。更因为建在半山上，可以利用落差引山泉活水，所以湖水清澈，锦鲤悠游。后面巍峨的台北故宫博物院和高大的华表可供借景，更远处的青山可以衬托。至于石碑、牌匾和楹联上的内容，全部引用台北故宫博物院内的收藏，兰亭、水榭、松风阁，各自营造主题。沿着一百九十五米的长廊走去，景随步移，如同展开一轴宋明画卷，古典文物跟现实园林在这里结合，重现了中国文人生活的意境。

可惜游客常因为坐车直上台北故宫博物院的展厅，不知道下面还有至善园。我每次前往，看见台北故宫博物院里人潮拥挤，至善园却游客稀疏，都十分感慨。所以特别作了这篇文章，配合写生，希望提醒大家：此处有名园，千万别错过！

（谢谢台北故宫博物院图书文献处前处长吴哲夫先生、书画处前处长王耀庭先生及至善园园艺家庄金富先生提供资料及指导，使这篇作品能够顺利完成。）

著作权合同登记号：图字 18-2020-107

**图书在版编目（CIP）数据**

爸爸不会哭 /（美）刘墉著 . -- 长沙：湖南文艺出版社，2022.3
ISBN 978-7-5726-0511-6

Ⅰ . ①爸… Ⅱ . ①刘… Ⅲ . ①散文—美国—现代
Ⅳ . ① I712.6

中国版本图书馆 CIP 数据核字（2022）第 011544 号

上架建议：畅销·名家散文

BABA BU HUI KU
**爸爸不会哭**

作　　者：［美］刘　墉
出 版 人：曾赛丰
责任编辑：丁丽丹
监　　制：小博集
策划编辑：文赛峰
特约编辑：李孟思
营销支持：付　佳　付聪颖　周　然
版权支持：刘子一
封面设计：利　锐
版式设计：利　锐
出　　版：湖南文艺出版社
　　　　　（长沙市雨花区东二环一段 508 号　邮编：410014）
网　　址：www.hnwy.net
印　　刷：北京中科印刷有限公司
经　　销：新华书店
开　　本：875mm×1230mm　1/32
字　　数：104 千字
印　　张：6.375
版　　次：2022 年 3 月第 1 版
印　　次：2022 年 3 月第 1 次印刷
书　　号：ISBN 978-7-5726-0511-6
定　　价：49.80 元

若有质量问题，请致电质量监督电话：010-59096394
团购电话：010-59320018